文春文庫

やさしさグルグル

行正り香

はじめに

「やさしさグルグル」を文庫版にしていただくにあたり、改めて家族や独身時代のこと、長女や次女が生まれた瞬間、会社時代の話などを、グルグル思い出していました。二〇代、三〇代前半は仕事中心の生活でした。会社に行って仕事をして、徹夜することもあれば、ひとりで海外に出張することもあった。楽しいこともたくさんあったけれど、大変なことも、たくさんありました。

結婚してから長女かりん、次女さくらが生まれ、次女が三歳になるまでの五年近くは、ある意味、もっと大変だったかもしれません。回す皿の数が単純に増えました（笑）。でも同時に、忙しいと頭がかえってフル回転するもので、四〇歳になって、やっと料理以外で自分のやりたいことが見つかりました。新しいことを始めるには遅い出発。でも始めるならば今しかないと、長年勤めた会社を辞めることにしました。そして「なるほど！エージェント」というキッズ向けのウェブサイトをオープンしました。まだまだ夢に向かってマラソンを走りはじめたばかりです。

いろんな変化があったし、これからもあるだろうけれど、ひとつだけ私にとって変わらないことは、「毎日の生活を大切にしよう」ということです。朝起きたら朝ご飯を作り、コーヒーを入れ、お家を片付け（雑なお片づけですが）、カラダを動かしどこかに行く。桜が咲けば花見に行き、夏になれば子どもたちをプールやお祭りに連れていく。夜になればお酒を飲みながら食べたいものを作り、時には友だちに会っていろんな話をする。当たり前のことだけど、それは様々な偶然の上に成り立つ、希有な時間なのだから、その一瞬一瞬を抱きしめながら生きていきたいなと思います。人生なんてきっと、その一瞬一瞬がつながったものだから。

本を手に取っていただき、どうもありがとうございます。みなさまとも、こうしてつながっていくのかな。うれしいです。

二〇一二年、春　行正り香

contents

「映画・本」

「家族」

やさしさグルグル

イラスト・写真　行正り香

お酒と私

Let's just have
one coctail.

私はお酒が大好きです。お酒は、「強い人 or 弱い人」と二つのタイプに分かれるようですが、私はたぶん前者です。おそらく父方のおばあちゃんに似たのではないかなぁ、と思います。おばあちゃんは、よく台所で焼酎をくーっと飲んでいました。九州の女の人らしく、おじいちゃんを、それは、それは、よく立てていました。たぶん、おじいちゃんに向かって「なんば言ーよーとねー」と心の中で怒り狂うこともあったに違いありませんが、そこはちょっぴりお酒の力を借りて「はいはい」と言われたことを聞き流していたのだと思います。

まだ私が赤ちゃんだった頃のことです。小さな私を母・よし子が連れて行ったら、おじいちゃんはいきなり「ばーさん、しょってやれ」とおばあちゃんに言ったそうです。そしておばあちゃんは、「よし子さん、つかれとーやろ。休んどきんしゃい」と言って、重たい私をおぶって、料理をし、お風呂をたき、よし子を休ませたと言います。

嫁姑というと、嫁の方が働くのがクラシックな姿ですが、おばあちゃんは、いつも「よし子さん、座って座って」と言っては、孫の私をおんぶして、嫁をもてなしてくれたそうです。それも鯛を一匹買って、まずはお刺身、次にお椀、そして煮ものと、まるで料亭のようなもてなしだったと、母はよく思い出しては話をしてくれます。そんなに大事にされたから、年を重ねたとき、自分もおばあちゃんを大事にしてあげられた、と、いつもそんなことを言っています。

ちなみにおばあちゃんは、今で言うと小学五年生くらいの小さな細い人で、よくわたしをおぶってお料理なんてできたなぁ、とびっくりします。丸い、分厚い眼鏡の奥で笑う目と、人のために、一生懸命働いていたことも、私はよく覚えています。おばあちゃんは亡くなる前、やせ細ってガリガリのイメージだったけど、若いころの写真を見せてもらったら、どえりゃー美人でびっくりいたしました。ちなみに叔母、そして叔母の娘さん（私のいとこでRKBのアナウンサー）も、どえりゃー美人です。よきDNAは、私にではなく、いとこのファミリーに継承されたようです。残念。無念。

いろんな人と生きていかなくてはいけない世の中、誰かが言うことをまともに受けていたら、疲れてしまいます。

もちろんそこで戦うことも一つの道だし、勇気をもって戦ってくれる人も、世の中絶対に必要ですが、そんな勇気が持てない人は、おばあちゃんのように生きていくのも、選択肢のひとつかなぁーとも思います。そうそう。勇気ある人のうしろにくっついて、自分はくーっと台所の裏でお酒でも飲んでいられたら、それは一つの平和な形。そして、戦うことをふだんは休んでいる分、こういうタイプは、時がくれば、ねばり強く、本気で戦えるのです。勇気ある人のサポーターとして。

のりと豆腐としょうがのスープ

recipe

のりと豆腐としょうがのスープは
やさしいおばあちゃんのような味がする。
目立つ存在でも、華やかな存在でもないのだけど
やわらかい存在。
最後は、笑顔が人の顔を造り上げていくのかな。

材料（2～3人分）

卵豆腐…小2個（大きいものなら1個）
焼きのり（大きくちぎる）…1枚分
しょうが（せん切り）…大さじ1
豚ひき肉…100g
にんにく（すりおろす）…小さじ1/2
ナンプラー…小さじ1/2

A
だし…4カップ
酒…大さじ2
塩…小さじ1
しょうゆ…2～3滴
うまみ調味料…3～4ふり

香菜（仕上げ用。お好みで）…適宜

つくり方

1. ビニール袋に豚ひき肉、にんにく、ナンプラーを入れ、袋の上からよくもんでおく。

2. 鍋にAとしょうがを入れ、火にかける。沸騰したら、1をスプーンですくって入れる（小さければすぐに火が通る）。

3. 食べやすく切った卵豆腐、のりを加え、卵豆腐が温まったらでき上がり。器に盛り、香菜を飾る。

＊卵豆腐ではなくて、普通のお豆腐でもいいですよ。とにかくスープの塩分は、「だし4カップで塩小さじ1、あとは、しょうゆかナンプラー少々」と覚えておくと便利です。

（しょうがレシピ129）

許し合うシーズン

Many things can
happen along the way.
It's...O.K this time.

ある寒い冬の夜、母・よし子と銀座にあるラーメン屋さんに行ったときのことです。「おいしいね、おいしいね」温かいラーメンをすすっていると、あっ、びっくり。小さな虫が一匹入っています。

思わず箸を止めると、気づいたよし子が「り香ちゃん、騒いじゃだめよ。こういうお店でそんな小さなことで騒ぎ立てると、お客さんが入らなくなるものよ。そんな虫、取っちゃえば大したことないわよ」と言います。それはそうだと思っても、食べる気力を失っていると「ママが交換してあげるわ。世の中には昆虫がたんぱく源の人もたくさんいるのよ」とどんぶりを渡してくれますが、さすがに二人とも食はすすみませんでした。

その後、お会計を済ませた彼女は小さな声で店員さんに「ラーメンに小さな虫が入っていましたよ」と伝えていました。そして慌ててお金を返そうとする店員さんに「お金はいいんですよ」と、自動ドアのほうにすっと向かって行きました。

この夜、よし子は優しいなあと思いました。確かにどんなに気をつけていても虫が入ることもある。小さな失敗は誰だってする。それが自分の命を脅かすほどの大変なことであれば大いに騒ぎ立てなくてはいけないけど、そうでもなければ見過ごしてあげたり、許してあげる余裕を持つことも大事なのかもしれません。

とある食品会社も、ある時失敗をしてしまいました。確かに大きな失敗だったかもしれない。深く傷ついた人もいたのは事実です。許してはいけないミスというのもあります。でも、この時の事件は、彼らの何十年にもわたるすばらしい努力をすべて否定してしまうほどの取返しのつかない失敗だったのか？　というと、私はそうとまではいえないんじゃないかと思いました。自分も含め人間というのは、つい自分の不完全さを省みず、失敗した人や組織を痛烈に、立ち上がれなくなるまで叩きのめしてしまいます。でもどこかで母・よし子のように失敗を許す心を持たなくては、息苦しい、住み難い世の中になってしまうにちがいありません。

完璧を互いに求め合えば、そのうち誰もが失敗を恐れ、行動することができなくなり、結局は自分を苦しめることになるような気がします。

アメリカでは一二月のホリデーシーズンを「互いを許し合うシーズン」といいます。一年いろんなことがあったけど、一二月になったら互いに「よいクリスマスを」と声をかけ合い、またゼロベースで新しい年を迎えましょう、と。いい考え方だなあと思います。

人を許すことなしには、結局、自分も許されることはありません。だから、日本も少しだけ、失敗に寛容な国になったらいいのになあ。ラーメン屋から出ていく母の姿が、やけにカッコヨク見えた夜でした。

古い映画。
ジェームズ・スチュワート主演の
「素晴らしき哉、人生!」が好き。
失敗をしても再生していく、
主人公の姿。たまには素直に、素直な映画を見たい。

博多の女性

私の生まれ育った福岡は、どんたくや山笠のようなお祭りもたくさんあり、伝統文化を残しつつ、先進的な文化も取り入れています。都会であって都会でない、田舎であって田舎でない。Best of Bothを持ち合わせているところだといえます。それはこの土地の女の人にも通じるところがあって、男気があるけど女性らしい。そういえば、高校時代にこんなこともありました。

夏は、山笠の準備に追われる季節です。博多区という私の通った高校がある地区でも男性たちが陣を組み、「いかに自分の地区のお神輿《みこし》を速く走らせるか」という一つの目標に向かって朝から練習を始めます。

とはいっても、いつも練習に励んで走っているわけではなく、はたから見ると、朝からお酒を飲み、集まってうろうろ街を練り歩き、遊んでいるだけのようにも見えます。

Guys....
You all are born from Women!
Treat us nicely, O.K?

高校二年生の夏「あんた、手伝っちゃらんねー」と友人から声をかけられ、男性たちが朝の練習から帰ったときにおにぎりやおみそ汁を出す「炊出し隊」の手伝いをしました。一日めはまあおもしろいとして、二日め、三日めになるとこちらも早朝だから眠い(しかも学校に行く前なので学校でも眠い)。おにぎりを握りながら思わずつぶやいてしまいました。

「おばちゃんたち、なんでこんなことするとー? どう見ても男の人は張り切ってふんどしをはいて小学生みたいに遊んどうようにしか見えんよ。私もふんどしばはいて、おにぎり食べるほうがよかー」

すると、今から思えば名句としか思えない言葉がおばちゃんから返ってきました。

「あのね、り香ちゃんね、しょせん男は女から生まれたとよ。夏の一か月、男を遊ばせてやって、残りの一一か月、しっかり働かせると。そっちのが得なんよ」

その時は意味がさっぱりわかりませんでしたが、その後、アメリカという男女の関係が九州とは全く異なる土地に行き、男女平等の裏に存在する厳しい現実を見て(平等を主張すれば、責任も伴います)、おにぎりおばちゃんの言葉がとてもすばらしいものに思えるようになりました。

日本でも女性が外に出て仕事をする時代になりましたが、家族のために働く母親を見て育ち、料理や掃除を女性と分担する文化のなかった男性たちが、急に変わってくれるわけでもありません。

私の主人も気分がのれば掃除、お料理などやってくれますが（料理はかなりの腕）、でもそれは気分が「のった」ときでしかありません。最初は家事の分担も試みましたが、主人担当のごみには小虫が楽しげに集い、お風呂場にはかび軍団が大挙し、とはいえここで私がやってしまっては、これも私の仕事になると、意地になって手を出さない自分にも疲れ果て、最終的に行き着いたのはおにぎりおばちゃんの言葉でした。そう。もう仕方がない。あきらめよう。「しょせん男は女から生まれた」のだから。強い側が弱い者に目くじら立てても仕方がない（そう解釈することにしました）。

男女平等を主張すれば、「きついから仕事辞めたい」なんていう自由はなくなり、生活を担う責任も重くなります。ならば私も、潔くおにぎりおばちゃん方式でいき、「しょせん女から生まれた男」とつきあっていこう、と思ったのです。家事を手伝ってもらおうと期待してイライラ過ごすよりも、最初からやってもらわないと覚悟して、体を動かすほうが楽だったりします。

おにぎりおばちゃんの言葉は、時代と逆行しているかもしれません。でも年を重ね、現実の中で生きてみると、改めて、これは福岡という風土や文化の中で生きてきた女性が、自分の人生を少しでも楽にするための賢い知恵なのかもしれない、と思えたりする今日このごろです。

自分が弱いと思うと、人を責めたくなる。
自分のほうが強いと思い込むと、人を許すことができる。
だから「赤毛のアン」みたいに、
いつも自分より明るく、強い自分を、想像してみる。
楽しいことを考えている。

やさしさグルグル

Sharing…
the most beautiful
& difficult thing

ある朝、おいしいチョコレートが二つ余っていたので、台所の陰に隠れて食べようとしていました。すると長女かりんに見つかりました。

「あ！　チョコレート！」

箱の中にチョコレートは二つ。次女さくらが起きてきたら一つ足りない。

「かりんちゃん、ちょっとこっちおいで。さくらには秘密だよ。ほ〜ら、一個ずつね」

彼女に一つ手渡し、自分の分を口に入れたその瞬間です。

「じゃあ、さくらと半分こしてくる」

かりんはチョコレートを歯で半分に割り、一つをふとんの上にいるさくらのところに持って行きます。私の口の中にはとけていくチョコレート。申し訳ないな、そうは思っても、二人の娘にあげて自分が食べないというのは……ありえない。

保育園で出会うほかの園児もそうですが、時々子どもの純粋さに胸を打たれます。子どもは本当に優しい心を持って生まれてくるんだな、と思います。

かりんがさくらに大好きなりんごをあげると、今度はしぶしぶ（さくらの食べ物への執着心は私譲り）、さくらが私に小さな小さなりんごをくれます。さらに私が仕方なく、かりんにりんごをあげると、

「ママ、おもしろいね。りんごがグルグルまわってる」と、かりんが言います。

本当だなあと、気づかされます。優しさというのは、グルグルまわっていくもの。まず自分が手放してはじめて、まわりはじめるものなんだなあ、と。

人にモノをあげることの大切さを教えてくれたのは、東京・月島《つきしま》のお母さんです。娘たちが保育園の終わった後にお世話になるお母さん、いつも人にモノをあげています。

せっせと作ったピクルスやクッキー。田舎から送ってきたりんごやじゃがいも。半額セールでたくさん買ったという、おいしいソーセージ。私たちだけでなく、私のお友達にも平等にプレゼントしてくれます。かりんの誕生日、たまたま遊びに来た友達の子にも、平等にプレゼントしなくてはかわいそうだからと同じ花束を買ってきます。

でもよく観察していると、そんなお母さんのところには、ひっきりなしに宅配便が届きます。そしてまた、お母さんは持ってきてくれた宅配便屋さんに宅配便の中身を分けてあげます。かりんとさくらは、そんなお母さんを見ています。「これ、食べて」「これ、

あげる」「持ってきな」小さな紙袋に、いつもお土産を持たせてくれるお母さんを見ていると、自分も同じことをするようになるのかもしれません。

かりんも、うちに遊びに来る友達に大好きなおもちゃや洋服を「あげる」と袋に入れて帰りにあげています。そしてお母さんと同じようなことを言います。「だっていくつも着れないから」と。子どものころはもちろんのこと、私は大人になってもかりんのようなことができないでいます。

次の日のこと。朝、台所の陰に隠れて、今度はおいしいゼリーを食べていました（朝は甘いものを食べて目を覚まします）。そこに次女、さくらが起きてきてしまいました。

残りは一つ。

「たぶたーぃ、たぶたーぃ」とさくら。「よーし、わかった。でも一つしかないからね、かりんちゃんと分けるんだよ。いつもかりんちゃんは半分こしてくれるでしょ」さくらは何度も頷《うなず》き、理解している様子です。半分にしたゼリーの大きいほう（何でも大きいほうを取る）を口に入れ、かりんとは反対のお風呂場の方向に「ありんちゃーん、ありんちゃーん」と走っていきました。戻ってきたら……残りの半分も口の中。そして私と目が合うと、ニーッと笑います。『だってかりんちゃんに声をかけたけど、いなかったから食べちゃったのよねー』という様子。いるわけないよ。そこはお風呂場だよ。

うーん。同じような環境で育ててもこの違い。子どもの中に、自分を見た朝でした。

テレビドラマ「大地の子」に出てきた、
中国人のお父さん。
しわが刻み込まれた顔が忘れられない。
本当の息子ではない息子に
与えられる以上のものを与える。
愛が愛を生む。

これを用意しておいたケーキ型に入れる。
6. オーブンに入れて焼く。160℃で40〜45分。途中で焦げ目がつくようなら、アルミホイルを上にのせる。一度膨らむが、オーブンから出して冷めてくるとしぼんでしまう。ここでがっかりしないこと。
7. 冷めて型からはずしたら、はけでウィスキーをぬりたくる。ちょっと多いんじゃないかと心配しないでください。これがこのチョコレートケーキの秘密。
8. ぴっちりとラップフィルムで包み、室温で休ませる（冷蔵庫は乾燥するので、夏以外は室温が望ましい）。焼いて２〜３日目からがおいしくなる。というより、最低2日目までは食べないこと。「おまえも大人になったのお」というくらい成長する。
9. 切るときは、包丁を熱湯に通すときれいに切れる。器に盛って粉糖をふり、生クリームを泡立てて添える。

＊ウィスキーをたくさん使うのがこつ。それから２日はねかせること（これは非常に大事なポイント）。あとは簡単です。このケーキは冷凍してもおいしいので、突然のお客さまのときに最適です。

（だれか来る日のメニュー）

チョコレートケーキ

このチョコレートケーキ、自分でも大好き。
赤ワインのジンファンデルと、とても合う。
みんなで食べて、次の日まで余ったら、
早起きして隠れて食べてしまう。
これではやさしさ、グルグルしませんね。

材料（直径18cmのケーキ型1台分）
ミルクチョコレート（明治製菓の板チョコ）…1枚半（75g）
バター…1/3箱（約65g）
卵…3個（卵白と卵黄に分ける）
グラニュー糖…大さじ9
生クリーム…50cc
薄力粉…大さじ3（茶こしでこす）
ココアパウダー（砂糖の入っていないもの）…大さじ10（茶こしでこす）
ウィスキー（安いもので充分）…1/4カップ
粉糖…適量
生クリーム…適量

つくり方
1. 型の底と側面にバターをぬって、薄力粉をふっておく（どちらも分量外）。オーブンを160℃に温めておく。
2. 板チョコとバターを小さめのボウルに入れ、湯せんでとかす（あまり熱くなりすぎないように。バターと分離してしまう）。
3. 中くらいのボウルに卵白とグラニュー糖大さじ2を入れ、泡立てる（手で泡立てる場合は、初めはグラニュー糖を入れずに泡立てる）。白くなってきたらグラニュー糖大さじ3を加え、ねっとりとつやが出てくるまで泡立てる（手で泡立てる人、ファイト！）。
4. 大きいボウルで卵黄をクリーム状になるまで泡立て、グラニュー糖大さじ4を加え、ねっとりするまで泡立てる。
5. 卵黄のボウルに2のチョコレートと生クリームを入れて混ぜ、薄力粉とココアを入れ、ゴムべらでさっくり混ぜる。続いて、卵白を1/4量加えてさくさくと混ぜ、だいたい混ざったら残りも加えて混ぜる（このケーキはどうせしぼんじゃうので、あまり神経質になることはない）。

だから、整理整頓

小学校当時の先生がもし雑誌などで私の整理整頓された棚を見たら、さぞかしびっくりされていることでしょう。

私は元来、整理整頓が上手なわけではありません。どの小学校にもきっといた、机にコッペパンを隠してカビを生やしていた生徒。それそれ。そういう子が私です。おまけに性格が雑なため忘れ物まで多く、席の後ろに貼られていた「忘れ物グラフ」では、常にトップでした(なのに母・よし子は参観日に来て「なんだかり香ちゃん、がんばってるわねー」と笑顔でほめる。『よし子、よく見てよ。グラフのタイトルを』と思いますが、気がつかないならそれでよいと、ヘラヘラ笑いながら黙っていたのを覚えています)。

私は、コンピューターでいえば、かなりメモリー容量が少ない、フリーズしやすいタイプです。常にゴミ箱に余計な情報を捨ててメモリースペースを確保しておかないと、新しい情報も入ってきません。

一方、娘のかりんとさくらがお世話になっている月島のお母さんなんて、本当に整理整頓が上手で、昔々娘さんが遊んでいたモンチッチや、息子さんが小学校の先生からもらった絵本、誰かに買ってもらったというハーモニカまでどこにあるか覚えていて、すぐに引っぱり出してきます。こういう人はチップの性能もよく、「どのファイルのどの文書の何ページに何を書いたか」きちんと記憶している人なのです。

自分でつくづく整理整頓が下手だとわかっているから、いつも、エッセンスだけを取っておくようにしています。例えば、写真なら毎年二〇〇枚だけ載るアルバムに、一月のお正月から一二月のクリスマスまで選んで入れています。CDもよく聴くものだけを棚の前に、聴かないものは後ろに入れて、よく聴くものを取りやすいようにします。それらをごちゃまぜにすると結局探すのに手間がかかり、かえっていろんなジャンルの音楽を聴けなくなるからです。

お皿もそうです。使わないなあ、と思ったらお友達にあげます。そうして新しいスペースができたら、また時間をかけて気に入るお皿を買います。何かを引いたら、はじめて、何かを足す。そのように心がけています。

人それぞれ好みがあると思いますが、デザインや建築物でも、私は引き算の美学を感じるものが好きです。引き算されたモノには、心地よい潔さがあります。そういうスペースに何か一つのものを足してみると、はっとする美しさが生まれます。

できることなら自分の生活でも、折に触れて棚や引出しから無用になってしまったものを捨て、新しいものを受け入れるスペースを作っておきたいと思います。

自分にとって、本当に大切なものは何？　大切にしたい時間は、どんな時間？　改めて、自身に問いながら、日々過ごせていけたらいいなあと思います。

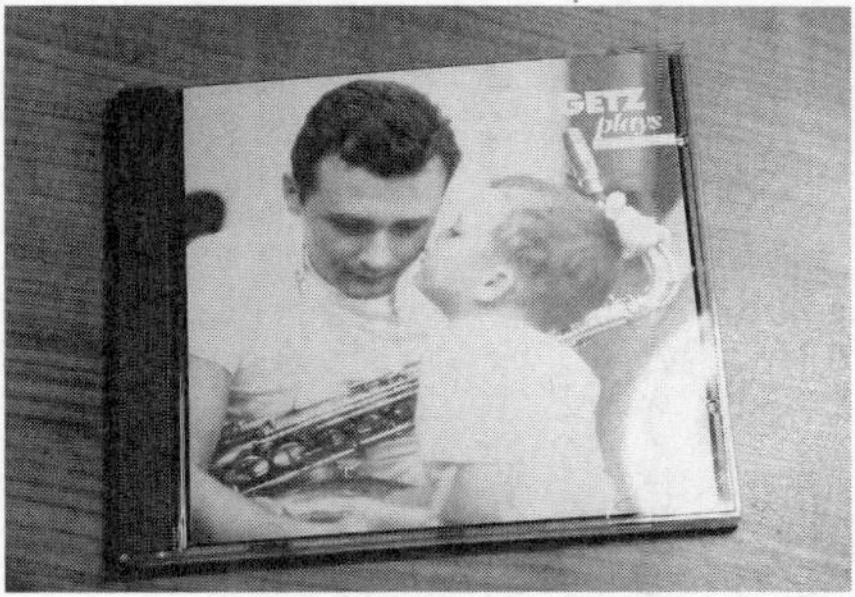

整理整頓は、捨てることから始まる。
捨てることに罪悪感を持たぬよう、
私は「選んでいる」と自分に言い聞かせる。
選ばれなかった娘のおもちゃたち、ごめんね。
ＣＤだけは捨てられない……。

整理整頓 again

二人めの娘が生まれる前、何をいちばん徹底してやったかというと、家の整理整頓と宅配の連絡先などの情報整理です。子どもが生まれると、ミルクをあげてオムツを替えているだけであっという間に一日が過ぎ去ってしまいます。しかもなかなか自由に外に行くこともできなくなり、買いたいものを買いに行くこともできません。

一人め出産時の反省点も含め、とにかく家の中を整理して、取りたいものをすぐ取れるように、買いたいものは何でも宅配してもらえるように、下見に行ったり、分類したり、携帯電話に情報を入れたりと、がんばってみました。ゆっくり座ってお茶を飲むような時間を作りたいと思ったら、「爪切りはどこ?」「ティッシュの替えはどこ?」「保育園グッズはどこ?」と探し回って取り出す時間を軽減していくしかありません。家事の「徹底的合理化」があってはじめて、自分の時間が作れるような気がしたのです。

A cup of coffee...
after cleaning the
house is nice.

まず、どんな整理方法がいいかということは、コンビニを観察してみることから始めました。よく売れていて、見た目に整然としているコンビニは陳列棚にありとあらゆる工夫があります。

小さな子どもが好きなカニパンは、子どもの手の届くところに配列し、大人にしか手が届かなくていいものはそれなりの場所にあります。

在庫は四つか五つで、それ以上はありません。スーパーに行くと、ついつい「ティッシュ五個セット・本日お得！」というところに手を伸ばしたくなりますが、コンビニと同じで、家だって実はスペースを確保するにもお金がかかります。ティッシュのために賃貸料や家のローンを払っているわけではないのに、押入れは気がつかないうちに箱で一杯。だから割高でも一つ一つ、足りなくなってきたと思ったらメンテナンスして足していくほうが効率よく、家のスペースを合理的に活用できます。

家事の合理化のためにはコンビニの店員さんが時々持っているシートのように、その場に何があり、何が足りなくなってきているかすぐにチェックできる「商品目録」のようなものも、あったら便利。よって、家の冷蔵庫を見て、洗面所を見て、押入れを見て「我が家の商品在庫目録」というのを作ってみました。

目録づくりには一日かかりますが、これからの生活がこれ一枚で楽になるのかと思うと大した労力ではありません。「あ、小麦粉が足りなくなっている」というのは、目録を見たら感じることができますが、スーパーで思い出せるかというと、なかなか難しいことだからです。

そんなこんなの小さな工夫で、我が家の定番商品たちは定位置を確保し、補充されるのを待つような状態になりました。これからは週に一回「我が家の商品在庫目録」チェックで「あ、この間トイレットペーパー買ったのに、また買っちゃった」ということが避けられ、押入れの奥で忘れ去られることも少なくなると思います。

いつまでも物を取っておきたいのは人の心理ですが、物でも仕事でも、そして人との出会いでも、新しい何かが入ってくるような〝隙間〟がないと始まりません。物を考えるときも同じで「絶対にこうだ」と凝り固まって押入れをぎっしり詰めているようでは、もっと価値ある考え方を見過ごしてしまうことのほうが多いはずです。自由でいるために、定期的に隙間づくりを。一生、いろんなものを入れかえながら生きていけたらいいな。

自分で整理整頓して、
自分でぐちゃぐちゃにしている。
繰返しがなんとも無駄で、心地よい。
整理整頓。上手になるには、
「コンビニ観察」「図書館観察」がおすすめ。

自分のためのお掃除

実は私、高校三年生のときからお掃除はセミプロです（笑）。高校生のとき、留学制度で一年アメリカに留学したのですが最初に行ったホームステイ先が「メイドさんより交換留学生のほうがリーズナブル」という理由で受け入れを決めた、老夫婦だったのです。到着した次の日の朝から「掃除機はこうしてかける」「テーブルの上はこんなふうに拭く」「台所はここまで掃除」ということを叩き込まれました。コトバも分からず、バラ色留学生活を夢見ていたわたしは……泣けました。本当によくこんなに涙がでてくると思うくらい放課後、部屋で泣いていました。でも、仕事はやらなくてはいけない。最初は耐えられなかったのですが一か月経つ頃には家がきれいになるのが自分にとって、さみしさを紛らすことができる唯一の時間のようになっていきました。

ピカピカに磨いた鏡。ピカピカに磨いたシンクや蛇口。次の日になれば、また水あかとかほこりがついて汚くなるけれど、光る家は気持ちがいい。このとき、自分で自分に言い聞かせることにしました。「掃除は自分のためにやっている」。これを夫婦のためにやってやってる、という気持ちになったらすべて投げやりになり、むしろ、汚いまま残して、いやな気持ちにさせたいくらいだ、ということになります。「もー、キッチンタオルでトイレ掃除してやろうか」と思ったことも（笑）ありました。でも、そのキッチンタオルでお皿をふいてそのお皿でご飯食べるのも、私なのです。体を動かし、天気がいい日に掃除するのは、自分が気持ちがよくなることに気がついたのは本当に一か月、いやいやながら続けた後でした。持ってきたラジカセにビリー・ジョエルの音楽をかけ、二人が帰宅する前に、ひとりきりで掃除をする。Just the way you areもHonesty も Piano ManもUptown Girlもどれだけ私の心を救ってくれたかわかりません。

今となっては教えてもらったことは全て私の財産になっています。「掃除は磨きが重要」ということ。ベッドメイキングの仕方（これ、大変です。きれいに見せるには体力がいります。だから私はベッドはやめて、おふとんにしようと、決めました）や掃除機は三日に一度でいいということ。お客様が来る前にはトイレを掃除したり、バスタオルの色は白で全部統一すれば、美しいこと。必要枚数以上は捨てること、ということまで叩きこまれました。台所がきれいでも、蛇口が光っていなければ、「What's this?」と言われましたが、今の私の家の蛇口は大体ピカピカです。

掃除をたのしくするコツ。それは「掃除は自分のためにやっている」と思い込むこと。「音楽をパートナーに、ノリノリでやっていく」ということです。今でも私、掃除姿だけはだれにも見られたくないです（笑）。歌ってます。今日はUptown Girl。カラオケで歌えるかなー、とか考えながら。

10分カレー

recipe

おうちをきれいにするのがお掃除ならば
カラダをキレイにしてくれるのは
野菜やスパイスがいっぱいの、カレーです。

材料（2人分）
にんにく…1かけ（薄切り）
オリーブオイル…小さじ1
コチュジャン…小さじ1
豚こま切れ肉…60g（大きければ一口大に切る）
カレールー…20gほど（1皿分ほど）
水…300ml
麺つゆ…大さじ2
＊以下お好みの野菜だけでよい
　かぼちゃ…1/4個（7mm厚さに切る）
　にんじん…1/2本（皮をむき3cm角の乱切り）
　じゃがいも…1個（4等分する）
　れんこん…4cm分（縦半分に切って1cm厚さに切る）
　いんげん…6本（へたをとっておく）
青じそ…5枚（みじん切り）
ごはん…300g（パックごはんなら1.5パックほど）

つくり方
1. 鍋ににんにく、オリーブオイル、コチュジャンを入れてさっと炒め、豚肉を入れて全体を炒める。水、麺つゆ、カレールーを入れて沸騰したらでき上がり。途中で豚のあくをとる。
2. 野菜は冷蔵庫にあるものを適宜切る。ラップにくるみ、電子レンジで柔らかくする。電子レンジの温め機能を使えば、判断して柔らかくしてくれる（圧力鍋で柔らかくするなら2分が目安）。
3. お皿の真ん中にごはんを盛り、まわりに野菜をおく。ごはんの上にソースをかけ、青じそをたっぷりのせたらでき上がり。

＊圧力鍋があれば、野菜は圧がかかってから1〜2分ですべてできる。電子レンジを使うなら、切った野菜をすべてラップなどにくるみ、おまかせ調理をしておけば、あっという間にでき上がり。ごぼう、大根、かぶ、根菜がとても合う一品です。

（21時から作るごはん）

生活にデザインを

船橋のIKEA（スウェーデンで生まれた大型家具店です）に行ってきました。

IKEAではみんなの目がランランとして「生活を変えるぞー」というエネルギーがみなぎっていました。たくさんの照明器具を見たり、子ども用の家具を見たり。年齢は小さな子どもから、定年した夫婦まで。かりんも「ママ、いつか大きくなったらこんな机買って」と白くてかわいいデスクの前に座って、夢を見ていました。最近、日本の消費者はお金を使わなくなってきた、と言われますがエレベーターをひっきりなしに登っていく人たちを見ながら、「きっと、それはちがうなー。日本人の価値観が変わってお金を使いたいところが、変わってきたんだ」と思いました。アメリカに住んだり、ヨーロッパの人たちと仕事をしながら、「ここが違うな〜」と思ったことはお金を使う「部分」です。私のイメージとしては、日本人はバッグや洋服、車や外食にお金を使い、欧

A sculpture that you can sit on.

米人は家具や旅行、コンサートや美術館にお金を使う、という気がします。特に欧米の若い人たちは、毎日Tシャツ、ジーンズでも情熱を傾けてお金を貯め、旅行に行きます。私も、学生時代は毎月お金をためて、そして旅に出ました。でも、IKEAに行ったとき「あ、日本人もモノを持つことへの執着はなくなってきて経験にお金を使うようになるのかもしれないな」と思いました。

家具を買う、というのは新しい経験を買うようなことです。インテリアのイメージを変え、かける音楽を変え、食べるごはんを変えるということは、新しい自分を買うようなものです。

IKEAは、安い値段で、誰にでもその経験を提供してあげたいというすばらしいポリシー。コルビジェが、集合住宅を、「より多くの人をハッピーに」という理念で作ったのと同じかもしれません。だから素敵なワイングラスが六個で五〇〇円くらいであったりします。素材のマイナスポイントは、デザインでカバーします。「デザインで、生活を向上することができる」そう信じてきた創業者がいて、フォローしてきたデザイナー、生産者がいます。日本人はお金を使わなくなったのではない、日本人が作るもので買いたいものがなくなっていたのではないか、と一瞬思います。ブランドバッグも靴も素敵だけれどもうこれ以上クローゼットには入らない。そして日本で生産されているものもデザイン的にこれと言って、特徴もない。家電にしても同じ。韓国のサムスンのほうが、かっこよかったり……します。

IKEAで見た日本人は、生活をデザインしようという夢をもつ人たちでした。もともとすばらしいデザインと信じがたいほどの色のミックスができる日本人。すばらしいミニマルデザインセンスが長い間、変化の波のなかで、眠ってしまったのかもしれません。きっと、日本人のデザイン魂はきっと蘇るぞ。機能の勝負をやめ、デザイン勝負をさせたら、日本人はすごいものを作るはず。自分たちの過去を見て、世界を見渡してそしていいところだけを残していく。これからの日本人、もっと素敵に生きていくのかも。楽しみ。

私も、少しだけ変化を。いつも買っているキャンドルの一〇分の一のお値段で買えたキャンドル。これからは、毎日、夜のお伴にしたいと思います。

ろうそく立ては、学生時代旅をしていたとき、いつも骨董品屋をめぐって、安いものを見つけてきました。小さなものですが、大切な思い出。現地のお店の雰囲気が、蘇ります。

ベリータルト

recipe

北欧では、手作りのタルトで友だちをもてなす。素敵な時間。

材料（24〜26cmのタルト型1台分）

タルト生地

- 薄力粉…180g（約1 1/2カップ強）
- バター…100g（1/2箱分）
- グラニュー糖…80g（1/2カップ弱）
- 卵黄…1個分
- 冷たい水…約大さじ2

アーモンド生地

- 薄力粉…60g（1/2カップ強）
- バター…120g
- グラニュー糖…120g（2/3カップ）
- 卵…1個
- アーモンド（皮つき無塩）…100g　またはアーモンドパウダーでもよい（3/4カップ）
- ベーキングパウダー…小さじ1/4

ベリー（ブルーベリー、ブラックベリー、ラズベリーなど）…約1 1/2カップ（少なくてもよい）

つくり方

1. オーブンは180度に温めておく。フードプロセッサーを用意する。まずはフードプロセッサーで皮つきアーモンドを砕いて、ボウルに入れておく。アーモンドパウダーを用意してもよい。

2. タルト生地の材料をフードプロセッサーに入れて、30〜40秒ほど混ぜる。さっと手で丸める。タルト型にタルト生地のかたまりをのせ、指で広げながら敷き、その上にベリーを散らして並べる（麺棒を使ってもよいが、形はあまり気にせず、この作り方でよい）。

3. アーモンド生地を作る。アーモンド以外のすべての材料をフードプロセッサーに入れて混ぜる。最後にアーモンドを入れ、数秒混ぜる。混ぜ終わったアーモンド生地を丸め、ベリーの上に指でのばしながら重ねる。

4. 180度のオーブンで30〜35分焼く。焼き色に注意して焼く。

＊翌日のおやつにそのまま召し上がっても、冷凍したものを解凍してもおいしいです。

（北欧からのやさしいお菓子）

生活をアートする

Candle flame can
change your life.

桜の葉っぱも金襴の帯のような色に染まり、夕焼けも美しい季節になりました。友人が遊びに来たときなど、キャンドルをつけて食事をする機会が増えてきました。キャンドルを灯すか灯さないかで部屋の雰囲気は全くかわりますが、私が「生活を演出する」ということに対して一番影響を受けたのは、デンマークをはじめとする北欧の国々です。

北欧はデザインの国です。お皿もキャンドル立ても魔法瓶もまな板も、とにかく目に入るものはシンプルで美しいものばかり。デザイン重視で作られたモノはいろんなところで見かけますが、機能とデザイン、両方を持ち合わせたものとなると、北欧のものが一番だと思います。そんなデザインを生み出せるのは、きっと彼らの冬がとても長く、家で過ごす時間が長いから。二月に仕事でデンマークに行ったとき、夕暮れの家の窓辺という窓辺には白いキャンドルが灯されていました。それはなかなか出てくれない太陽の代わりをするかのように温かく、冷たい窓の外の景色もデザインしているのです。どの家もカーテンはなく、部屋の明かりはひとつかふたつのランプだけ。キャンドルの光を楽しむために全体の照明を落としてあります。学生時代の友人カップルと、二人の娘の家にもお呼ばれしましたが（デンマークでは同棲してから結婚するのが常識だそうで、子どもがいても彼らのように結婚していない人がたくさんいます）、小さな女の子がいても窓辺にはキャンドルがあります。しかもそのキャンドル立ては友人がおばあちゃんから貰ったもので、いずれは娘にあげるものだと言います。家の中には選び抜かれた家具やワイングラスがあり、それらと家の照明は、住む人の人生をもデザインしているように見えます。

彼らは「僕たちは日本のデザインがとても好きだ」と言います。障子や雪見窓や縁側のことを言っているのですが、もしかしたら日本の照明も、昔はデンマークと同じような考え方だったかもしれません。軒先を長くして縁側を作り、押さえた光を取り込み、わざと陰影を造り、屏風などで光の反射を楽しむ。暗さがあったからこそ、北欧の人が大切にするような光の明るさとぬくもりを感じていたはずです。モノをいつくしむ、生活をいつくしむ北欧人の心に触れ、私も彼らのように使い込めば使い込むだけ味が出るものしか買わないようにしようと思いました。クレヨンがついた桜の木のテーブルも、ちょっとはげかけた銀のカトラリーも、娘たちに受け継いでいきたいものです。

オール1の牛肉赤ワイン煮

recipe

オール1という美しい数字で並ぶレシピ。
カンタンなのだけど、とてもおいしい。
時間をかけるなら、1キロ単位でどーんと作ってください。
冷凍庫で、しあわせが居眠りします。

材料(6人分)
牛肉(シチュー用の肩肉)…1kg
にんじん(大)…1本
玉ねぎ(大)…1個
セロリ(大)…1本
トマト(大)…1個
トマト缶(ホール)…1缶(約400g)
オリーブオイル…100ml
赤ワイン…200ml(1カップ)
赤唐辛子…1本
オレガノ…ひとつまみ
レモン果汁…1個分
レモンの皮のすりおろし…1個分
塩…大さじ1
こしょう…適量
つけ合わせのマッシュポテト…じゃがいも2個分
パセリのみじん切り…少々

つくり方
1. 牛肉を大きめのひと口大に切る。にんじん、玉ねぎ、セロリはみじん切りにする(フードプロセッサーで粗めのペースト状にしてもよい)。
2. 大きめの鍋でオリーブオイルを中火で熱し、1の野菜を加えて温める。野菜をみじん切りにした場合は、5分程度、透き通って香りが出るまで炒める。
3. 2のペーストを鍋の端に寄せて空いたスペースに牛肉を入れ、表面の色が変わる程度に火を通す。
4. 粗みじん切りにしたトマトと、手でつぶした缶詰のトマト、赤ワイン、みじん切りにした赤唐辛子、オレガノを3の鍋に加えて混ぜ、強火にする。沸騰したら弱火に変え、レモン果汁とレモンの皮のすりおろしを加えて塩とこしょうで味を調える。弱火のまま、肉がほろっとやわらかくなるまで3、4時間煮込む(肉によっては6時間かかることも)。
5. 器に4とマッシュポテトを盛り付け、パセリをトッピングする。

(3皿で、おもてなし)

CDとの出会い

好きな映画も見ずに、音楽も聴かずに、ただひたすら新しい仕事と格闘しておりましたが、ぽっと時間ができたので、CDの整理をはじめました。ジャズのマイルス・デイビスだけでも一〇枚以上、ビル・エバンスだけでも一〇枚近く、そしていろんなアーチストのジャズ、クラシック、その他のジャンルを含めると……ものすごい数です（子どものおもちゃは捨てられても、CDを捨てるのは勇気がいりますねー）。でも、しあわせなんだぁ。このCD一枚一枚に、演奏家だけでなく、プロデューサーやデザイナー、ミキサー、創った人の魂がこもっている。胸の奥に響くメロディと出会うと、ドキッとします。iフォンに入れて、携帯しながら聞くと、同じ音楽も違う音楽になります。スピーカーを通じて聞こえてくる音と、イヤホンから耳に入る音は違う。もっとパーソナルな語りかけてくれるような音になります。この人は、ぎりぎりのところまで自分を追い詰めて演奏しているな。この人はなんだか怒りをぶつけている。そんなことが分かり始め

ます。その人と友達でもないのに、語り合えたような気分になります。結局人が創ったものは、その人の経験の中に閉じ込められた思い出の一片。その思い出を、素敵な形でデザインして、見せてもらった気分になるからかもしれません。

もともと音楽は好きでしたが、本当に好きになったのは、編集の仕事をしている海外のエディターに、いいアルバムを紹介されてからです。編集室に行くと、エディターは、すごくセンスのいい音楽をかけて作業をしています。ジャズのときもあれば、ロック、ヒーリング、ダンスミュージック、クラシックといろんなジャンルがあり、その人の音楽を選ぶセンスの良さが、編集のセンスのよさに近いようなところもあったりします。「いい仕事をする人だなあ」と思ったら「あなたの好きなCDを一〇枚教えてくれませんか」とお願いして、書いてもらったメモを片手に近くのショップを探して買いに行っていました(いつか買おうと思っていると、こういうものは結局買いません)。さっそく買ってきたCDをスタジオでびりびり破きながら、ライナーノーツを読みます。すると「そうそう。これこれ。かけてみようよ」と教えてくれたエディターがCDプレーヤーでかけてくれました。流れてきたのはマイルス・デイビスのKind of blue。その瞬間全身に鳥肌が立ちます。いいものは体が教えてくれる。本当です。

子どもが生まれて久しくやっていなかったCDショップ巡り。よーし、今日は夕方、銀座の山野楽器に歩いていこう。

一夜漬けチキンのロースト

recipe

好きな音楽を聞きながらカラダを動かし、ワインを飲み、
お肉がオーブンで焼き上がるのを待つ時間は
とっても、しあわせ。
傍目から見たら、ただの酔っぱらいおばさんが
音楽にのって、チキン待ってるだけなんだけど。

材料

鶏もも骨付き肉…4本、大きければ3本（なければもも肉でよいが、骨付きのほうがおいしい。大きければ2等分に切る）
卵…1個
卵黄…1個分
オリーブオイル…100cc
粒マスタード…大さじ1
おろしにんにく…小さじ1
塩…小さじ2

つくり方

1. バットや大きめのタッパーに卵、卵黄、オリーブオイル、粒マスタード、おろしにんにく（これはフレッシュがよい。チューブならほんの少し）、塩を入れてかき混ぜ、もも肉をマリネする。全体にからめてから皮を下にしてマリネする。

2. 天パンの上に網をのせ（かなり脂が落ちる）その上に汁をきったもも肉をのせる。180度に熱したオーブンで40〜50分焼く。手羽肉なら30分ほどででき上がる。魚焼き用グリルで焼けば、あっという間。

＊このマリネ液には塩も含まれているのであとはつけて焼くだけ。このまま冷凍しておけば、解凍して焼くだけだからこれまた便利です。オーブンはそれぞれ個性があるから、40分して黄金色にならなかったらさらに10分、また10分と、焼く時間を延ばしてみてください。

（ワインパーティーをしよう。）

山ガール

夏の締めくくりに、大好きな上高地に行って参りました。東京駅から特急あずさに乗って松本駅へ。そこから単線とバスを乗り継ぎ六時間かけて上高地に到着です。電車で移りゆく風景を見ていると、初めて上高地に行ったときのことを思い出しました。

それは大学時代の夏休み。アメリカから一時帰国して東京のおじいちゃんの家に遊びに行ったときのことでした。朝の新聞といっしょに「旅の友」というチラシが入ってきて、おじいちゃんはいろんな旅程プランと料金表に見入っていました。「おじいちゃん、どこかに旅行するの？」と聞くと「そうじゃないよ。このチラシを見ながら、あの春はココに行ったなあ、冬の寒いときにアソコ行ったと思い出すのが楽しいんだよ」と言います。そういえば、「旅の友」のチラシだけは捨てずにたまっていき、おじいちゃんは朝の連ドラが終わると、時々見入っているのでした。おじいちゃんは、たくさんの旅行をし、たくさんの思い出を作り、そして年をとって足が悪くなってからは、その思い出

を記憶の引き出しからとりだしては、おばあちゃんとお茶を飲み、私たちに話を聞かせては楽しい老後を送っていたのでした。

ある朝、おじいちゃんが「り香ちゃん、尾瀬と上高地には行った方がいいよ。本当にきれいだよ。河童橋からの景色は一生忘れない」と言います。時間があっても、お金がない学生時代。そんな私に、いつもおじいちゃんかおばあちゃんが「旅行に使いなさい」と一万円のお小遣いをくれて、私は東京を起点に尾瀬や上高地を一人旅したものでした。初めて上高地に行ったのは、まだ新緑の六月。木々の先の葉っぱからは、触るとまだ柔らかい赤ちゃん葉っぱがたくさん出ていて、空を仰ぐと、お母さん葉っぱと赤ちゃん葉っぱが、うれしそうにダンスをしているようでした。

今回行ったのは八月終わり。六月とはまた違う良さがあります。緑も濃くなり、風もひんやりしています。河童橋の周りは混んでいるので、そこから歩くこと一時間、「山のひだや」という山小屋ロッジに二日ほど泊まりました。その日は早寝して朝、目がさめると、天気は快晴。岳沢《だけさわ》ヒュッテという中腹を目指してハイキングを開始しました。どんなことにも共通することですが、やはり多少の苦労をしなくてはすばらしいものに出逢うことはありません。山にしても、本当に美しい景色を見ようとしたら、苦労して登るしかありません。以前行ったときはスイスイ登れたのに、今回は体力が落ちているのか、どっこいしょ、どっこいしょ、という感じです。でも、道々にはたくさんのアザミが咲き乱れ、「がんばれ、がんばれ！」と応援してくれているようです。

やっと目標の山小屋に着いたのは歩き出してから三時間近くたったころ。すっかり疲れ果ててましたが、リュックに入れて持ってきたパンと、山小屋でオーダーした一杯五〇〇円のコーヒーがおいしかったこと!! 常々思うことですが、味とは独立した感覚でなく、周りの雰囲気や状況によって変わるもの。私にとっては、いつまでたっても自分の母・よし子が作ってくれたパンの耳を揚げたおやつや、夕ご飯に焼いてくれたハンバーグがどんなものよりおいしかったように。食べ物も、人との出逢いに似ていて、その場その場が一期一会なのかもしれません。

上高地では大きな青い空を眺め、歩けるだけ歩き、最後バスに乗るときは足がコチコチ。でも、おいしい空気をたくさん吸って、私の体が「元気になったよお。また連れてきてねえ」と言っているようでした。やっぱり私は、どんな贅沢なホテルやごちそうより、山や川でこおろぎの声を聞きながら眠りにつき、おにぎりを食べたりする方が好き。本当に美しい記憶とは、お金とはかかわりのないところにあるような気がします。

今年の秋はお弁当をたくさん作って、東京近郊ハイキングに行こうかな？

のり弁

recipe

山に持って行きたいお弁当ナンバーワンは、卵焼き付きのり弁。
なんてことはないものなんだけど、疲れた人を
圧倒的にしあわせにするパワーを持つ。
つかれたり体力がなくなると、ふれていたいものは
やさしいものだけ。うん。のり弁は、弁当界のマドンナだと思う。

材料（1人分）
炊きたてごはん…お好きなだけ
のり…1/2枚
かつおぶし…1/2パック
しょうゆ…小さじ2
塩ジャケ…1切
卵…2個
塩…ふたつまみ
砂糖…小さじ2
小梅…1個
金時豆の煮たもの…お好みで

つくり方
1. 卵焼きを作る。ボウルに卵と塩、砂糖を入れさっとかきまぜ、テフロンのフライパンを中火で熱し、層を作りながら焼く。
2. 塩ジャケはグリルかオーブントースターで5〜7分こんがり焼く。
3. 弁当箱にのり弁をつめる。まず炊きたてのごはんを敷き、その上にかつおぶしをのせ、しょうゆを少々かける。のりをちぎって上にのせたら（ちぎると食べる時にのりがはがれなくて楽）、さらにごはんをのせ、かつおぶしをのせ、しょうゆをかける。最後にのりを敷きつめる。
4. 卵焼き、塩ジャケ、小梅、金時豆などを入れてできあがり。

（ものがたりのある一皿）

能《の》古島《このしま》への旅

妹・千春と息子の蒼太くん、私と娘かりんの四人で福岡・能古島への日帰り旅行をしました。

能古島は福岡の姪浜《めいのはま》というところから船で渡る小さな島で、有名観光地ではありませんが、福岡県人にとっては、市内からちょっと船に乗れば行くことのできる親しみある観光スポットです。子どもたちは浮き輪を持ち、お父さんたちは釣り道具を持って島に渡り、一日を楽しんだりします。海水浴も楽しそうですが、この日は島の頂上にあるアイランドパークという自然公園に行きました。月日を経て立派に育った木々は、まるで南国のジャングル。心の底から「ココすばらしかぁ！」と叫びたくなります。福岡なのにタイみたいに咲き乱れるブーゲンビリア。福岡なのにハワイ並の青い海。すんばらしか景色のなかで食べた高菜ピラフのおいしいこと。「ねえ、千春ちゃん、もう外国に行くことないね。これから家族みんなで能古島に来れば、家族全員ハワイ気分だね」と次

の計画を立てるべく、宿泊用バンガローやバーベキュー広場見学をして歩き回りました。帰りはまた、船に乗って帰ります。一時間に一本の運行。乗り込もうとすると、蒼太くんが乗り込んでくれません。道路に寝転んで手足をバタバタさせながら「イヤイヤ」と言います。蒼ちゃんは生まれつき脳に障害があるので、慣れない事はとても怖いのです。みんな大丈夫かな？と蒼ちゃんを見ています。妹は「すいません。ここから帰るには船しかないですか？」とすっとぼけた質問を添乗員さんにしています。そりゃ島です。船しかなかろ〜たい。

「どげんしたらいいかね〜」とお兄さんやおじさんたちが集まって来ますが「みんなで抱えよう」と言う人があれば「いや、みんなやったらかえって怖いっちゃない？」と言う人もいます。すると一人の若い添乗員さんが「オレ、抱っこします」といきなり蒼ちゃんを抱え上げました。蒼ちゃんは三三キロ。暴れているので四〇キロ、いや、五〇キロくらいに感じるかもしれない蒼ちゃんを抱っこしたまま、ニコニコ笑いながら船まで連れて行き、そして「船室に行ったら楽しいやろうか？」と声をかけてくれます。

助けてくださったみなさんの日に焼けた笑顔。やさしい声。ただでさえ能古島はいい島なのに、そんなによくしてくれたら目から水が出てきてしまうやんねー、と私たち姉妹はウルウル状態です。妹は「蒼ちゃんがね、暴れても最近人の目は気にならなくなったよ。でも、人の優しさは、とても感じるようになった」と言います。妹は添乗員さんみたいに日には焼けていませんが、やっぱりすばらしい笑顔です。すてきだなあ、千春ちゃん。我が妹ながら心でパチパチパチと拍手喝采です。行き着く所が人の心根のやさしさであったとき、旅はまたさらに、すてきなものになります。小さな旅。でも大きな思い出ができた、船の旅でした。

妹は、子どもたちとの生活を
「ちはるのお笑い日記」というブログに綴っている。
笑えるのだけど、泣ける。
泣けるのだけど、笑える。
千春ちゃんは、観察眼があって、文章を書かせたら
天才だなと、正直に思う。
ねーさん、妹、尊敬してます。

ハムカツ

recipe

ハムカツって、全然特別じゃない材料で出来ているのに、
最高な存在。
バラバラの家族がいっしょになるように、
ハムと小麦粉と卵とパン粉がいっしょになって
ある一つの芸術作品ができる。

材料（2人分）
ハム…6枚
キャベツ…1枚
小麦粉…1/2カップ程度
卵…1個
パン粉…1カップ
揚げ油…適宜
*あればレモンや粒マスタード

つくり方
1. まずはキャベツを千切りにする。
2. ボウルか丼を3つ用意し、1つ目には小麦粉、2つ目には溶いた卵、3つ目にはパン粉を入れる。
3. 3枚重ねたハムに小麦粉をつけ、余分な粉をはたき、次に卵にくぐらせてから、パン粉をつける。
4. 揚げ油を中温に熱し、3をキツネ色に揚げる。あればレモンや粒マスタード、または中濃ソースをかけていただく。

（今夜は家呑み）

心のふるさと、タイランド

How about
a beer tonight?
Who can say no?
Of course, I will…

時々無性にタイに行きたくなることがあります。

飛行場に着いたらシンハービールを飲み、バンコクに着いたら炭で焼いたチキンを食べ、もち米と青いパパイヤの漬物サラダのようなものを食べる。日が落ちたら、チャオプラヤリバーを眺めながらオリエンタルホテルのテラスでまたまたカクテルを飲み、ちょっと痛いくらいのタイ式足つぼマッサージをして、深い眠りにつくのです。

旅行や仕事でもいろんな国に行き、おいしいものも食べ、めずらしいモノも見てきたつもりですが、やはり私にとって、タイランドは最高にワンダフルな国。多分、おいしい食べ物やビールも好きなんですが、それ以上にタイ人の生き方や考え方が好きなのかもしれません。

日本人の価値観は、戦後の西洋化とともに、ムダを省き、合理化することが良い、よ

り お金を持ち、よりいい学校に入り、自分の生活の安全と豊かさを第一に考えることが良い、と変化していったような気がします。

でもなんとなくタイという国は、こういう考え方がまだまだ当てはまりにくい。レストランに子連れで行こうものなら、何人ものウェイトレスさんが現われ、子どもをあやしてくれます（これってムダなサービスとも受け取れます）。バイクタクシーのお兄ちゃんたちはコーラの瓶のふたでチェスをし、しばしご歓談の後、道路脇で昼寝をしています（これって職務放棄ともいえます）。そんなに必死で働かないから、お金はないはずなのに余裕がある。なぜかなあ？　自然が豊かだからかな。それとも仏教国だからでしょうか。いつも考えてしまいます。

その昔、仏教の教えで大切なことの一つに「己を知る」という言葉があると、タイのお坊さんに教えてもらったことがあります。自分を知るということは、自分がどう歩いているのか、自分がどう動いているのかという観察から始まるのだと教えてくれました。

日本では誰々さんがこんなことしたから自分もやってみたい、こんなものを買ったから自分も買ってみたい、こんな立派な幼稚園に入っているから自分の子どもも入れてやりたい。ちょっと背伸びして自分以上になる努力をしてみるのが良いとすることも多いかもしれませんが（「なせばなる、なさねばならぬ」の思想とでもいいましょうか）、タイの仏教では、勝手な想像ですが、自分を知り、自分の能力の中でベストを尽くすことが重要なのであって、人と比べてよりよくなるということが重要なのではないと伝えているような気がします。

日本にも「身の丈を知る」という言葉があります。意味は違いますが、「己を知る」と同じくらいすてきな言葉だと思います。ムリをして違う人間になろうとし、たとえなれたとしても、最後に疲れるのは自分です。自分を観察することで能力を知り、それに見合った仕事をし、見合ったものを買い、今を受け入れて生きていくほうが、精神的には楽そうです。

人はそれぞれ違う才能を与えられて、この世に生まれてくるはず。だから同じことを目指すのは、ムリがある気がするのです。がんばったって、できないことも、たくさんある。

「タイは若いうちに行け」とは、以前ステキな先輩コピーライターがタイ国際航空のために書いたコピー。今度のキャンペーンでは、ぜひとも「タイはおばさんが行け。おじさんが行け」と書いてほしい……。人生をリセットしに。大事なものを思い出しに。

今度はいつ、行こうかなあ。笑顔の国。タイランド。

タイ人は、やわらかい。よい意味でいいかげん。
それがピッタリくる。
タイ料理はおいしい。発見がたくさんある。
一度住んでみたい。
あ！　食べたくなってきた。舟そば。

治る瞬間

腰が痛くても、足が痛くても、たとえ耳の小さな不調であっても、人間落ち込みますね。いかに人間というのはふだん、不思議な、そして完全なるバランスの上に成り立っているか、ということ。私は一〇代で片頭痛、それも強度の痛みで大学病院に入院、二〇代で難聴で苦しみました。でも今は、本当によいストッパーができたな、と思っています。

やろうと思ったらもっとできるかもしれない、いい人間になろうと思ったらもっとなれるかもしれない、だけど、ある一点のポイントを過ぎると頭痛や難聴という「はい、できません」というセンサーが働きます。都合よいセンサーです（笑）。そこから先は、仕事をストップして掃除をしたり、プールに行ったりして休んで時間《とき》を待つのですが、そうして、それまで溜めこんでいた心の中を誰か大事な人に話をしているとき「あ、治

Love is like a blanket.

る」と分かる瞬間が訪れるのです。それは、とてもポジティブな、不思議な感覚で、言葉では表せないのですが、あ、治る、もう大丈夫、と心のなかで素直につぶやく瞬間です。そしてその声を聞く、というかんじかな。昨日もそう。難聴のときもそう。頭痛のときもそう。多分心のつまらないことを外に吐き出してしまうことだけで（それもこれといったぐちではなく、あー、あのときはこうだったね、とかこんなこともあったね、とか、そう思うとかたあいない感じ……・笑）、実はとてもエネルギーをもらっている。「そうか、そうだね」と言ってくれる人がいるだけでとても楽になれるんだと思います。

自分の弱い部分を知ることはとてもいいことだなーと思います。で、私が分かったことは「強くないな〜、さみしがりやだなー、だから自分にとっては、人が一番大事」あとのものは無理してまで得なくてもいい、ということなんです。

我が家のよし子ちゃんはいつもナイスアドバイザーです。以前私が難聴になったときは、これ以上ないくらい暗い調子のCDを送ってきて「り香ちゃん、暗い気分のときは、とことん暗い音楽を聞きなさい。そのうちばかばかしくなるから」と言ってくれました。落ちそうな時は、無理して上げないことも大切なのかな。時間をかける必要もあることを、よし子は教えてくれたのでした。

シンプル塩焼きそば

recipe

疲れたときは、シンプルなものがいい。
トマトのパスタ、梅干しおにぎり、塩焼きそばに、そしてビール。
カラダにシンプルなものを入れて、
もう一度シンプルに戻って行く。
焼きそばも、こんな味付けが、おいしいんです。

材料（2〜3人分）
中華麺（蒸したもの）…2玉
もやし…1/2袋
植物油…大さじ2
しょうが（すりおろす）…大さじ1
にんにく（すりおろす）…小さじ1/2
A
水…1/2カップ
酒…大さじ1
ナンプラー（またはしょうゆ）…小さじ1
塩…小さじ1/2
こしょう…適宜
シャンツァイ（または長ねぎ）…たっぷり
レモン汁…適宜
赤とうがらし（お好みで）…適宜

つくり方
1. ボウルにAを入れ、よく混ぜ合わせておく。
2. もやしは別のボウルに入れて、植物油少々（分量外）をまぶし、水っぽくなるのを防いでおく。シャンツァイはみじん切りにする（茎もおいしい）。
3. 中華麺は耐熱皿に入れ、電子レンジで2分ほど温める。
4. フライパンに油を入れて熱し、しょうが、にんにく、もやしを入れてさっと炒める。そこに中華麺を入れてさらに炒めたら、1を入れて水気がなくなるまで炒める。
5. 最後にたっぷりシャンツァイとレモン汁をかける。辛いのが好きな人はみじん切りにした赤とうがらしもかけて。

（ヘルシーアジアごはん）

高宮一丁目

久しぶりに子どもを預け、自分へのごほうびに銀座の映画館に行きました。時間が合ったのが韓国映画で「マラソン」だけ。そういえば話題になっていたなあ、とチケットを買って駆け込みました。

誰かイケメンが出てくるのかしら？とワクワク待っていたらストーリーはまったく違った展開へ。主役はイケメンではなく、自閉症の男の子。そしてその子に何か好きなものを見つけてあげたいという一生懸命なお母さんと、ひょんなきっかけから男の子にマラソンを教えることになった、だらしない元・マラソンランナーのお話でした。『おー、エンターテイメントじゃなかったか』と一瞬がっくりきましたが（何せ疲れているときは笑いたい。かっこいい人を見たい）、予想に反してかなり笑える、すばらしい映画でした。

主人公の姿は、妹の長男、蒼太くんに相当オーバーラップします。自分でご飯を食べ、

本を読むことができ、信号の意味がわかるのが当たり前のように思いますが、本当はそんなことができるのはラッキーな人。生まれて来たときから、何かの運命でそうできない子どももたくさんいます。そんな子どもをかかえた大人はがっくりきて、何で自分だけがこんな罪を負うことになったのか、と思いつめるのが普通です。この映画の隠れた主人公は、実はそう思って必死に生きてきたお母さんの方だったのです。

先日も蒼太君が実家に遊びにきていて「リッキー、リッキー、高宮一丁目」と私の腕をたたいては繰り返し語りかけてきます。最初のうちは「すごいねえ、おしゃべりできるようになったね」と誉めますが、一〇回、二〇回と同じセリフが繰り返されると「……」さすがに疲れてきます。すると妹が「り香ちゃん。あのさ、まともに聞いていたら疲れるから、蒼ちゃんの高宮一丁目ってさ、南無阿弥陀仏―南無阿弥陀仏―って言ってると思って聞いてみて」と言います。なるほど。効果はすごい。かなり気分が楽になります。これは自分の聞きたい情報は脳にインプットし、流したい情報はインプットしないテクニックとしてかなり使えそうです。何か嫌味を言われたりしたら「この人は私にナムアビダーって言ってる」と思い込んで聞く。おばあちゃんたちが何度も同じ話をしても「ナムアビダーって言ってる」と聞く。そういえば私も、会社の上司に怒鳴られているときは（怒鳴り癖のある人ってたまにいますよね）真っ向から聞いたら精神がやられると思い、「この人の髪の毛は下敷きでゴシゴシしたみたいに立っている」とか、

「この人はおなかがすいてしまったんだ」とか思い込むように努力をしていました。

映画「マラソン」は、『辛い時、辛いことをまともに受けるのではなく、少し体をずらして、面白いじゃないかと受け取り方を転換させれば、けっこう人生悪くないかもしれませんよ』と、メッセージを送ってくれました。

我が家の長女かりん。公園で靴を脱ぎます。裸になります。奇声をあげます。どこへ行っても脱走兵のように駆け出します。でも悪いことをしているわけではない。ならば「この子はアスリートとしてすごい。末はオリンピック選手として表彰台に立っているか」と想像することにしました。かりんちゃん、ママにもいつか、ゴールドメダルをかじらせてね。

よし子のハンバーグ

recipe

このハンバーグはよし子の愛情。
こんなにおいしい愛情、ないです。

材料（2人分）
牛ひき肉200ｇ＋豚ひき肉100ｇ
玉ねぎ…1/2個（みじん切り、ラップに包んで1分チンしておく）
卵…1個
パン粉…1/2カップ
塩…小さじ1/2
ナツメグ…少々
こしょう…少々
植物油…小さじ1
赤ワインまたは白ワイン…1/3カップ
ケチャップ…大さじ2
中濃ソース…大さじ2

つくり方
1．ビニール袋にひき肉、玉ねぎ、卵、パン粉、塩、ナツメグ、こしょうを入れよくもむ。ボウルでやってもよいが、後で洗うのがめんどくさい場合、使ってないビニール袋は最高。
2．2等分にして、手でパンパンたたきながら空気を抜く。手の大きさいっぱいいっぱいに広げ、真ん中は少々へこましておく。
3．フライパンに油をひき、中火で熱し、熱くなったら静かにハンバーグを入れる。中火のまま2分ほど焼く。
4．焼き色がついたら裏返し、できるだけ弱火にする。ふたをして13分ほど焼く。タイマーを使うと便利。
5．ハンバーグの上に肉汁が出てきたらいいかんじ。
6．5の上にケチャップと中濃ソースをのせ、上からワインをまわしかける。
7．次にソースをからめるため、ハンバーグをそれぞれひっくり返す。
8．今度はフライパンの汁がブクブクいってくるので、また形のいい面を上にするためひっくり返す。これででき上がり。

…………………………………

＊ポイントは牛ひき肉と豚ひき肉を2：1で混ぜることと、長い時間焼くこと。

（19時から作るごはん）

日本のアニメ

最近夜になると、娘は袖つきの寝巻きではなく、私の引出しから下着を引っ張ってきて着替えてしまいます。女性の下着に憧れるのは男性だけでなく、小さい女の子も同じ?　取っ替え引っ替えいろいろ着ては鏡の前でうっとり見つめています。まるで我が家はランパブ（ランジェリー・パブ）状態。お客は私と次女さくらだけですが、ガハハハ笑って手をたたいて、変な夜を楽しませてもらっています。

子どもは小さいようでいて、いろんなこと（下着も含め）に興味があり、そして感じています。DVDで「もののけ姫」を見たときも、なぜみんなケンカをするのか?誰が映画の中で悪い人なのか?ときいてきます。

スーパーで買ってきた枝豆とビールを飲みながら、思い浮かんだことを話します。

「この間さ、パイナップルが四枚あったのに、かりんちゃんがたくさん食べようとして、

ママ怒ったよね。みんなもパイナップルを食べたいのに、全部かりんちゃんが食べたらなくなっちゃう。このお話もおんなじ。森のフルーツを、たとえ働き者の人間であっても、ひとり占めして取ったら、まわりの人は食べるものがなくなっちゃう。この映画の中で本当に悪い人はいないよ。けど、ほかの人や動物のこと、森のことを考えなくなったら、ほかの人から見たら悪いことをしているように見えるようになるのかもね。さくらちゃんにとって、パイナップルを食べてしまったかりんちゃんが悪く見えたのと同じだよ」

あれ？　そんな話だったよな？

テキトーな話をしながら、そういえばイタリア人の友達が「日本のアニメってすごい!!」と大絶賛していたことを思い出しました。

「日本のアニメには本当に悪いだけの人が出てこない。これは日本独自の思想のあられ」だと彼は言うのです。言われてみると「アンパンマン」に出てくるばいきんまんも、「風の谷のナウシカ」の王蟲（オーム）も、どこかユーモアがあり、憂いがある。

「僕たちが日本のアニメを好きなのは、映像のすごさだけじゃないんだ、相手や自然に対する深い思いやりが見え隠れしているからなんだ」

そう言うのです。ちょっぴりうれしい気分になります。自分が作ったわけでもないのに、誇りに感じてしまいます。

時とともに日本人も変わってしまった部分もある。でも、こうして外国の人に尊敬される今のアニメを作っているのも、ハイブリッド車などを作ってきれいな空気を守ろうとしているのも、やはり現代の日本人です。中には若い人もたくさんいる。結局、日本という風土に培われた人の本質なんて、自然ががらりと変わらないかぎり、そんなに簡単に変わるものではないような気もします。

少子化とか地球温暖化とか、そして震災とか、世の中大変なことはたくさんありますが、それでも希望はある。その時々、起こりうることに対応できる英知があれば、日本の未来は悲観するほど暗いものではない気がしています。

我が家のランパブでは、笑いもたくさんありますが、小さな争いもつきることはありません。

パイナップルの次はえびせん、クッキー、「さくらんぼ。「もののけ姫」はわかったつもり?でも、子どもは本能に勝つことはできません。

「小さい子から物を取り上げるのはだめよ、ずるいことなのよ」と教えますが、意外にもこの小動物・さくらマンも強くて負けてはおりません。ギャーギャーと二人の雄叫びが続くと耳栓でも探したい気分になりますが、どこまでならケンカをしても許し合えるか、限界を知ることも大事なので、我慢します。

結局大人の世界も子どもと変わりはありません。協力し合って乗り越えていくこともあれば、モノやポジションの取合いもあります。そんなこんなに、小さいうちから慣れておくほうが体も頭も楽かもしれない。

と、自分にそう言い聞かせていたら、引っ張り合いで私の下着のひもがちぎれました！　あーあ。まったく、高かったのよ、もうランパブ、終わりぃー！

大好きな日本のアニメ…アルプスの少女ハイジ、魔女の宅急便、となりのトトロ、風の谷のナウシカ、ハウルの動く城、紅の豚、ルパン三世 カリオストロの城。あ、全部宮崎駿さんだ。

ケンカするほど仲がいい

私には本当に仲のよい妹・千春がいます。昔はたくさんのケンカをしましたが、今では毎日のように電話をして、何でもないことを話せる親友です。

いちばんくだらないケンカで忘れられないのは、おふとんの〝踏み合い〟でした。当時私は小学四年生で、彼女は三年生。四畳半の部屋に机を二つ並べた上にたんすがあってふとんを二枚敷くと部屋はもういっぱい。そんな狭いところに、母・よし子が新しい綿の敷きぶとんを買ってくれたのです。

私のふとんは濃いピンク色に白い花。妹は白地にピンクの花柄です。ふわっふわで、踏むのももったいない柔らかさです。そんなふとんで寝ると気分はもうお姫様。このまどうしたらへこませずに寝ることができるのか、真剣に考える日々でした。

当時、たしか妹は奥に寝ていたような記憶があります。だから彼女がそのふとんに行

き着くまで、どうしても私のふとんを踏まなくては行けません。でもそれが悔しくて、一回踏まれるごとに「千春ちゃんも一回踏んだから、り香も一回踏んどくね」と踏むものだから、妹も黙ってはおりません。「千春も一回！」「り香も一回！」。母・よし子が「こんなことなら、ふとんを買うんじゃなかった」と嘆きながら電気を消すまで踏み合いをしていたのです。

最後のほうは悔しくて涙が出ていました。今考えたら、どうしてこんなにくだらないことで毎晩ケンカができたのだろう？と思います。娘のかりんとさくらもきっと、仲のよい姉妹に行き着くまで、何百回ものケンカを繰り返すことでしょう。

かりんは保育園の友達と取合いをしたり、引っかき合いをしたりしているようです。夜中、突然大きな声で「かりーんちゃんのー。礼士くん、取らないでー。じゅんばんこー」などと寝ぼけて叫ぶので、日々のかわいいケンカぶりが目に見えるようです。髪のつかみ合い、引っ張り合い。何でも真剣にやってちょうだい、と私は思います。そうしてたくさんの痛みを覚え、大きくなっていったほうがいい。

互いにぶつかり合い、どこまでが許容範囲かそうでないか、確かめ合うことが大事です。スポーツにしても、ギリギリ反則のプレーがベストプレーであったりします。でも何が反則になり何がルール以内かは、体を使って覚えるしかないと思うのです。そうして体で覚えたことは一生忘れません。だからこそ、私は、親も子どもが本当に悪いことをしたらパチーンとたたいて覚えさせることは大事なことだと思います。

兄弟姉妹、親子、夫婦、友達、上司と部下。どんな人間関係にもケンカはつきもの。でも、そのケンカが、関係を破壊しているのではなく、その関係を強くする場合もたくさんあります。ぶつかり合うことを恐れていたら、互いに何も言えなくなってしまいます。どこまで言えるか、どこから言ってはいけないか、多くの経験を経てはじめて理解できることかもしれません。

どうか娘たちにもケンカ上手に、そして同時に謝り上手になってもらいたいものだと思います。たとえケンカをしても、「ごめんね」と言える素直さを持てば、失わずに済むこともたくさんあるからです。さーて、今晩はどんな寝言で、誰が登場するのかな？秋の夜長の楽しみです。

ケンカをした朝でも、「おはよう！」は大事だと
先輩が教えてくれた。
考えたら、子どももそうだ。
さっきまでケンカをしていても、普通におしゃべり。
そっか。謝ることができないときは、あいさつだけしよう。

料理で心をリストア

近いうちにイタリア旅行を計画していましたが、いろいろ考えた末とりやめ、その分のお金を思い切って今まで行ってみたかった料理店で使って、改めて味の研究をしてみることにしました。

いろんなレストラン巡りをするうち、「あ、やっぱり料理は人柄だな。思いやりだな」と改めて気がつきました。世間では評価されているレストランも、以前はおいしかったのに味がつまらなくなっているところがあります。反対にずっと評価され続けているのに、変わらずおいしいレストランもあります。この差はなんだろう？　たぶん技術の差ではないんだな、と思います。

それはきっと、料理人が「食べる人に喜んでもらいたい」という願望を持ち続けられるかどうかだという気がします。有名になり、お金をもうけることは、運と、ある程度の技術があればできそうですが、「喜んでもらいたい」と食べ手に思いやりを持ち続け

Can I just tell you how happy I am to receive a note like this?

ることができるかどうかは、その人の人柄なのです。その気持ちを持続するためには、あらゆる誘惑や欲を超えた、もっと違うところに自分を置き続けなければできないような気がします。

先日、ある和食のお店に行きました。店主はテレビにいつも出てくるような有名な方ですが、それでもご自分で土鍋からご飯を取り分けて私たちについでくれます。最後エレベーターに乗る前に、あいさつをされたと思ったら、エレベーターが下に着く前に、階段で駆け下りて私たちを待ち受けてくださり、私たちが角を曲がって見えなくなるまで深々とお辞儀をされていました。無駄なことといえば無駄なことかもしれませんが、この一つの動作に、彼の作る料理の人柄が出ていたような気がします。味はどこまでも優しく、最高においしかったことは言うまでもありません。

「レストラン」という単語はリストア「再生させる」という語源からできたものですが、まさに、ここに行けば心が元気になる、そんなレストランでした。

私もがんばってお料理の勉強をしなくちゃ、そして大事な人には、ご飯を食べてもらうことで心をリストアしてもらえたらうれしいな、と思います。

めんどくさいなと思うこともありますが、そういう時はそういう時でムリをせず、料理をしない日もピザを頼む日もあります。自分の体と心と相談しながら、素直に向き合わないと、料理は続かないものです。

料理は日々の家事と思えばたいしておもしろいことではないかもしれませんが、家族の心を再生しているんだと思えば、こんな大事な、そして楽しい仕事はありません。

「ありがとう。うれしかった」そう言われることで、また私は元気になります。

元気がないとき、食べるもの…ステーキ、みつ豆、チョコレートパフェ、チョコレートケーキ、マンゴーパフェ。

ステーキはやっぱり、元気が出ると思うなあ。

しあわせへの近道

最近、娘にかわいいおもちゃを見つけました。アルミのパエリヤ鍋やパスタ鍋、まな板などが一式揃っています。まだまだ道具の意味はわかっていないようですが、アルミが作り出す音が好きなのか、小さな鍋とふたをあわせて、パンパン叩いています。何でも徐々に始めてもらおうと、料理道具を揃えたのです。

母・よし子は私たちが小さいときから「女の子の料理上手はしあわせへの近道」と主張し、小学校に入ったばかりの私と妹に包丁を持たせました。しあわせへの修行はりんごの皮むきから始まりました。妹が手を切って血をだそうと、ピッとバンドエイドを貼って皮むきは続きます。私たちは子ども心に「しあわせになるって、痛くて大変なことなんだ」と思いました。高校生になってもあまり料理に興味がなかった妹によし子は、夕ご飯を作るアルバイト代と材料費まで払って料理をさせていました。決しておいしいとは言えないような料理が食卓に登場しましたが、家族は誰も文句も言わずに食べていました。最初からお料理が上手な人なんて世の中にいるわけがありません。妹がしあわせへの近道を通れるように、みんな協力してモクモクと食べました。ただ、犬のローラだけは違いました。残ったご飯を餌入れに入れてあげても、鼻でフッとあしらい口に入れようとはしなかったのです。いつしか妹の目標は「ローラにも食べてもらえる料理」となりました。高い目標を掲げたおかげで、妹も本当に料理上手になり、今では旦那さんと子どもを喜ばせることができるようになりました。

ところでお料理上手になろうと思ったら、やはり食べてくれる相手が必要です。しかも誉め上手の相手であれば上達のしがいがあります。ところが、なかなかそういう男性はコロコロ世の中にころがってはいません。

例えば私の父。九州男児の彼は「おいしい」と誉め言葉を言うこと自体男の恥と、最初は何も言わずに食べていたらしいのです。だからと言って黙って見過ごす母・よし子ではありません。「おいしくないなら、食べて頂かなくても結構です」と食卓からお皿を下げようとします。父も慌てて「おいしいよ。おいしいよ」と言っているうちに、今では条件反射で「おいしいな」という言葉が出るようになりました。最近は食卓につきお箸をもったとたんに「おいしいなあ。よし子の食事が一番だ」と言います。食べないでコメントするのもいかがなものかと思いますが、何も言わずに食べられるより、よし子をはるかに喜ばせていることは間違いありません。

女性にとって、子育てをしながら、家事をしながら、あるいは働きながら、毎日クリエーティブな発想をもってお料理をすることは大変なお仕事です。そんな大変な仕事をしている世の中の女性のために、「いただきます」「おいしいね」「ごちそうさま」の感謝の言葉三点セットはとても重要なことなのです。「うちのめしはまずい」と言っている旦那様方。まずは嘘でもいいので、感謝の言葉三点セットを繰り返してみてください。一〇〇回言っても出てくる料理が変わらなかったら、それはおいしいご飯に縁がなかったと諦めるしかありません。でも大方の女性は嬉しくなって、がんばろうと思うはず。

女性にとってお料理上手がしあわせへの近道。男性にとっては誉め上手はしあわせへの近道かもしれませんね。

豚じゃがの七ちゃん煮

recipe

主婦という仕事でも、外で働く仕事でも、
女性にとって、誰かに必要とされる時間はとても大切。
同時に、やることを減らして、
エネルギーチャージする時間も、大事。
このレシピは一度覚えたら、二度目からレシピいらず。
目をつぶっていてもできるレシピをいくつか持っていると
人生、楽です。

●七ちゃん

だし：しょうゆ：みりん：砂糖
7　：　1　：　1　：　1

七ちゃんは、いちばん日本人が慣れ親しむおふくろの味的存在です。

材料

じゃがいも…２個（皮をむいて４等分する）
豚バラ肉…100ｇ
玉ねぎ…1/2個（1.5cm幅の輪切りにする）
七ちゃん（だし210ml、しょうゆ30ml、みりん30ml、砂糖30ml分）

つくり方

鍋に七ちゃんと材料を入れ、ふたをしてコトコト弱火で15〜20分煮る。じゃがいもの芯までやわらかくしたい場合は、最初にだしだけでじゃがいもがやわらかくなるまで煮てから調味料を加えるといい。あれば仕上げに、いんげんや絹さやをさっとゆがくか電子レンジでチンしたものを添えると彩りがいい。

（やっぱり、和食かな。）

子どもに本当に必要なもの

家から会社への道のりを、私は時々歩いて通うようにしていました。電車に乗ってしまっては気づくことのできない黄色い銀杏の輝き、隅田川をのんびり浮遊する鴨《かも》、半袖で公園に向かう元気な園児たち、紅白の垂れ幕がかかった師走の築地。好きなCDを聴きながら歩いていると、何でもない日常シーンが映画の一場面のように流れていくからです。歩きながら聴くCDにもいろいろありますが、私が好きなものの一つに、映画「サウンド・オブ・ミュージック」のサントラ盤があります。先日、何年ぶりかにDVDをレンタルして見てみましたが、つくづく、いい作品は時を超え、国を超え、人の心にしみ入るものだと思いました。

思えば初めてこの映画を見たのは小学校四年生の時。いつも九時過ぎたら寝る約束になっていたのに、母・よし子が「この映画はすばらしいから見せてあげて」と父にお願いしてくれ、妹と毛布にくるまれ、ワクワクしながらテレビの前に座ったのでした。も

She is a singer.
she is a princess.
and I, the pumpkin
or the prince....
depends on her mood..

う何十年も前のことです。なのに、この時受けた感動を鮮明に覚えています。ドレミの歌も、エーデルワイスも一度で覚え、アパートの周りでマリアのまねをして口ずさんでいると、それを聞いた隣のおばさんが「そのレコード持っとーよ」とサントラ盤をテープに録音して貸してくれました。そして私はテープがすり切れるまで、繰り返し繰り返し聴きました。

それから二〇年後の春。今度は仕事先のニューヨークで「サウンド・オブ・ミュージック」のミュージカルを見ました。小学生の時は歌の意味まで詳しくわからなかったけど、この時は英語がわかるので、改めて中身について理解できました。「すごい。『サウンド・オブ・ミュージック』って。家族のことも、若者の恋も、戦争と平和のことも、ありとあらゆるトピックをカバーしているのに、すべてがまとまっていて、そしてすばらしい」と心から感動し、鳥肌が立ちました。

劇場を出てタイムズ・スクエアを抜け、新緑の美しいセントラル・パークに向かって歩きながら、ふと、まだ一〇歳くらいだった自分が、英語の意味もわからずに「サウンド・オブ・ミュージック」にきちんと感動できていたことも思い出し、驚きを覚えました。

大人は子どもを自分と違う存在、大人の理解できているものを理解できない存在と思いがちですが、本当は違うのです。子どもは大人が、言葉や理屈の助けがなくては理解できないことを、すべて飛び越え、感性で理解する力を持っている。ある意味で、私たちよりずっと物事の本質を見抜く力を持っているのかもしれません。そんな感性の鋭い子どもたちには、たくさんのいい映画やいい音楽に触れさせてあげなくてはいけないのだなあ、とつくづく思います。時間がもったいない、勉強をさせなくては将来ラクができない、本人のためにならないと大人は思うかもしれません。だけど大人になって初めて「サウンド・オブ・ミュージック」を見ても、受ける感動と影響はずっとずっと小さなものになってしまう気がします。

昔から私は、自分が落ち込んだとき、いつもマリアのように明るくありたい、と思ってきました。初めて英語の歌詞が理解できたとき、それがなぜだかわかりました。マリアは雷が怖くて集まってきた子どもたちに歌います。たしかこんなことでした。

「悲しくなったら好きなことを思い浮かべるのよ。かわいい子猫や、アップルシュトルーデル。好きなことを次々に思い浮かべれば、そのうちイヤなことも忘れられるの」

きっと私は心のどこかで、彼女にそう語りかけてほしかったのでしょう。

「サウンド・オブ・ミュージック」。今、二歳児の次女さくらが、いちばん好きなCDです。

一〇歳の時好きだったことは、今も好き。
だから娘たちにも、一〇歳になるまでに
たくさんの「興味の芽」を植えておきたい。
最後は好きなことが、自分を助けてくれる。

メリー・クリスマス

何年前だったか、クリスマスに一緒に過ごす彼もなく、家族もなく、一緒に飲みに行く同僚もなく、寂しくコンビニで一人用のいちごのショートケーキを買って家路についたことがありました。

夜遅く、母・よし子から電話があり、「メリー・クリスマス！　り香ちゃんは、どんなイブをお過ごし？」ときかれたので正直に答えると「まあ、り香ちゃんもかわいいのねえ。いくつになっても、やっぱりいちごのショートケーキがないとクリスマスにならないのねえ」と言われたことを覚えています。

そう。私にとっては、よし子が作ってくれたいちごのショートケーキや、父が予約して買ってきてくれたパン屋さんのショートケーキがないと、クリスマス・イブにならないのです。たとえひとりで過ごすイブであっても、生クリームがたっぷりの甘いケーキ

How come I'm lonely
in Christmas?

を食べないと、イブの夜の終りが来ないのです。

でもひとりで寂しく過ごすその部屋には、何がなくても、過去の思い出はたくさんあります。サンタさんにもらった、長靴に入ったお菓子。ヤクルト五本セットのパック。リカちゃん人形のおうち。『大草原の小さな家』の本。よし子の焼くケーキの匂い。白い飾り紙にくるまれた鶏のもも。枕もとにプレゼントを見つけ、妹とおふとんの上で大騒ぎした朝。そして私たちを見守る両親の笑顔。

そんなこんなを思い出していたら、ふと、何かの雑誌で読んだジョエル・ロブションという有名な料理人の言葉を思い出しました。レストランのシェフを引退するとき「引退後は何をなさいますか？」という記者の質問に対し、「これから先は、過去の思い出を振り返りながら生きていきます」と答えたのです。潔い言葉だなあ、と思いました。そして私もいつか仕事から引退したら、こう言い切りたいなあ、と思いました。

今の一瞬、一日、一週間、一か月、一年、毎日毎日の思い出の積み重ねが、いつかその人の人生になります。私はそんなに立派なことはできないけど、目の前に積み重なる一瞬を大事に、そして丁寧に生きていけて、そこに後悔がなければ、ロブションさんのような一言が言えるような気がします。

たくさんの「こうしたい」を頭に浮かべると、目の前は真っ暗になります。でも、目の前の仕事をとりあえずやり終え、目の前の汚れた部屋をとりあえずかたづけ、目の前にいる子どもに最高のクリスマスの思い出を作ってあげたら、そのうち振り返るだけで楽しい日々を過ごすことができる気がするのです。

休日の今朝は、朝から娘たちと「いちごのショートケーキ」を作りました。卵を割って、一三分泡立てて、白身と砂糖でメレンゲができると、娘たちが味見をします。「もっとちょーだい。あまーい」と言いながら小さな人差し指にたっぷりメレンゲをつけます。オーブンで膨らむケーキを見ると、「わー!」と目を輝かせます。簡単にデコレーションをして大きないちごを並べてお手製ケーキのでき上り。さあ、今日は友達も呼んで一緒にクリスマスパーティです。

何年先だろう、何十年先だろう。いつか再びひとりきりで過ごすイブが来るかもしれません。ひとりではケーキを焼いても食べきれないから、またコンビニのショートケーキを買って。そしてしわしわになった手でフォークを握り、しわしわになったまぶたの裏で、たくさんのクリスマスのことを思い出しているのかもしれません。「たくさんのすてきなクリスマスを過ごしたわね。本当にありがたいことだった」と思い出をかみしめながら。

クリスマスの定番…鶏のもものオーブン焼き、
プチトマトソースのパスタ、サラダ、
いちごのショートケーキ、
そして私には来ない、サンタのプレゼント。

映画の楽しみ方

　私にとって最大の娯楽である映画を好きになるキッカケをくれたのは、母・よし子です。よし子は映画が大好きだったので、「映画は大きなスクリーンで見なくっちゃ」と私たちを東映まんがまつりや「キングコング」などに連れて行ってくれました。「キングコング」を見たときの感動は、一生忘れることができません。

　なにしろ最初に流れるテーマ音楽にまで感動し、ドーナツ盤レコードを買ってもらったほどです。私が生まれた時代には、もうほかの娯楽もたくさんありましたが、両親と映画館に行くのは格別でした。真っ暗な中、何が始まるかわからない小さな興奮があり、そして見ている人との一体感があります。

「さらば宇宙戦艦ヤマト」を見に行ったときも、涙で分厚いめがねを曇らせながら最後まで泣き続ける父の姿はおかしくて忘れられません。

　東京に就職してからは、遊びに来ていた母と「タイタニック」を見ました。見終わっ

た後、彼女のコメントはインパクトがありました。流れる涙をふいたかと思うと「でも主人公が死んだから、いい思い出で終わったのね。あのまま結婚していたら、もう離婚しているかもしれないわよ」。ウルウルがピッと止まった一瞬でした。思い出すのは映画を通じて人の心に触れた、こういう楽しい瞬間なのかもしれません。

アメリカでの大学時代も生活は質素で、週末の楽しみなんて本当に映画しかありませんでした。いいことがあったら映画のご褒美。嫌なことがあったら映画で慰め。とにかくEscape from Reality（現実からの逃避行）でした。あのころ、たった一本の「プリティ・ウーマン」や「ニュー・シネマ・パラダイス」がどれほど自分の心を揺さぶったか知れません。落ち込んでいたこともすっかり忘れ、違う世界に引き込まれる大きなキッカケをたくさんもらっていました。

今私にとって、映画館で見る一本の映画は、学生時代と同じくらい価値があるなあ、と思います。一人でいたときは自由に何でもできたけど、今は違う。いろんな制約があって、なかなか一人になる時間がありません。時間ができたらお洋服でも買いに行ったらいいのに（行かないと着るものがなくて本当に困っているのに）、ついつい足は映画館に向いてしまうのです。

ちなみに、日本ではあまりポピュラーではないようですが、映画館のレイトショーは本当におすすめです。軽く食事をすませ、映画を見て、最後にナイトキャップ（寝酒）としてお酒を飲む。もっとお話ししたくてもお別れの時間。ちょっと名残惜しさの増すデートの仕方かもしれません。ちなみにアメリカでは、一九時台より二一時台のレイトショーのほうがポピュラー。会っていきなり映画を見るのではなく、カクテルを飲んだり、ご飯を食べたりして、互いに心の筋肉をほぐし、それから映画館のシートに身を沈めます。時間と時間のノリシロを楽しむ、大人の過し方です。

何度も見た映画…「イル・ポスティーノ」「世界中がアイ・ラヴ・ユー」「恋人たちの予感」「ショーシャンクの空に」「マグノリアの花たち」「ビフォア・サンセット」「普通の人々」「グラン・ブルー」「初恋のきた道」そして「ローマの休日」。

すばらしい先生との出逢い

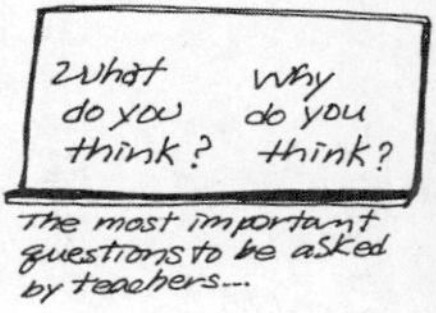

少し時間のできた金曜日の夜、久しぶりに、「ぼくの好きな先生」(ニコラ・フィリベール監督)というフランス映画を見に行きました。小さな白ワインのボトルと、フランスパンのサンドイッチを買って。好きな席に座り、ワインのキャップを開けて、サンドイッチを食べているうちにおなかも心もいい気分になっていきます。

この映画は、フランス中部の山間部の小さな学校をテーマにしたもので、実際にある学校と先生たちを撮影した作品です。

この学校では幼稚園児から小学校六年生までの生徒一三人が一つの教室で一緒に勉強をしています。先生はたった一人。今年で定年を迎えるロペス先生です。昔、私たちの学校にいたようなちょっと厳しいんだけど、その厳しさに本当の愛情を感じられるタイプの先生です。淡々とした内容なので、ワインで酔っぱらって、ちょっとだけ眠ってしまいましたが、先生や子どもたちの姿を見ていると、心の底からあたたかい気分になります。

ロペス先生は、本当に子どもの未来を大事に思っています。主張が弱い子には、ほかの子のお話がちゃんと聞けるようになるように。主張が弱い子には、ちょっとでもいいから、自分の考えていることが話せるように。落ち着きのない子には、我慢することを。弱い子は強い子に助けてもらえるよう、強い子とも仲よくするように。デコボコだらけの子どもたちですが、そのデコボコをなだらかに磨くように、じっくり、じっくり根気を持って子どもたちと対話しながら学校の授業は進められていきます。先生はいつも生徒に答えを出させようと質問をたくさんします。どうしてそうなの？　これではだめなの？　さっき君は何と言ったの？　生徒に一方的に教え、たたき込むことは簡単ですが、生徒が「自分の頭で考える」ようなキッカケを作り、答えを待ってあげるのは並大抵のことではありません。待つことは、教えるよりずっと時間がかかります。

思えば私も小学校のころ、すばらしい先生との出逢いがありました。

そのころまで自分では勉強などしたことがありませんでしたが、先生がノートに何かなりました。
を書くといつもほめてくれるので、ほめられたくて一生懸命ノートに何かを書くように

教科書を単純に写しただけの日もありましたが、それでも先生は、「よくできました。それでこれを書いてり香さんはどう思ったの？　悲しかった？　楽しかった？」と質問を投げかけてくれました。そうしたらまたその質問に答えようと、ノートに思ったことを書きました。この時、勉強して、考えるというキッカケがなければ、この先もずっと「考えること」はなかったかもしれません。

一年が終わり、夏休みで去っていく子どもたちを見送りながら、ロペス先生はめがねの奥の目に涙を浮かべます。子どもたちは自分の手を離れ、もう守ってあげることができないことを知っているからです。

「人生にはいつか別れが来るのだよ」小さい子どもにも、そう言い聞かせていたロペス先生。心もとなげにうなだれる生徒たちに、先生は優しいまなざしで語りかけます。

「そして別れはね、また新しい始まりでもあるんだよ」と。

いつか子どもは自分の足で立たなくてはならない。
だから私は時間を逆算して、子どもと接する。
もう三分の一が終わった。一六になったら大人。
それまでにたくさん、伝えたいことがある。

絵本って、夢の箱

子どもたちが生まれて、再び絵本を読むようになりました。

子どものころはあんなに好きだったのに、今までその存在をすっかり忘れていたのです。でも最近は娘たちに買ってあげようかな、と本屋に立ち寄るようになりました。

先日は小学校のころに感動した『モチモチの木』を買いました。

本屋さんで立読みしていたら、主人公の臆病な少年が一緒に住むおじいさんを助けようと、勇気を振り絞って山を走って下るところまでくると、涙が出そうになり、「お。これ以上ここで読んだらダメだ、泣いてしまう」そう思って、買って帰ることにしたのです。

私たちが子どものころも、母・よし子が本を読んでくれました。

でもアンデルセンの『マッチ売りの少女』だけは、読んでは泣いて話がストップし、

先に進みません。妹と私は字が読めません。どんなお話になるかは、すべてよし子にかかっているわけです。よし子はページをめくります。

「そして少女は、最後の一本のマッチをすると……」

すると突然パタンと本を閉じ、「りかちゃん、ちはるちゃん、ごめんなさい。ママ、これ以上悲しくて読めないわ」と言います。青天のヘキレキとはこのことです。

「えー?? そんなー」

私たちが言うと「明日必ず読んであげるから」と約束します。これではテレビドラマを放映してたテレビ局から、結末近くになって突然「放映、ここまで。あとは明日まで延期」と言われているようなものです。

子どもにとっての「明日」はとても長い。だけど、妹と私は、辛抱して次の日を待ちます。そしていよいよクライマックス。

「少女は、最後の一本のマッチをすると……」

えー??? よし子はまた「ママ、もうこれ以上悲しくて読めないわ」と言います。

妹と私はなんとか絵を見て、話を想像しようとしますが、やはり大事なことがわかりません。こういうことを何度か繰り返したあげく、よし子はとうとう『マッチ売りの少女』をギブアップ。その代り、「マッチ売りの少女・お話レコード」を買ってくれることになりました。一生でいちばん初めに買ってもらったレコードです。針をのせると「♪マッチー、マッチー、マッチはいかが♪　おじさんいかが♪　おばさんいかが♪　とってもよくつくマッチーです♪」という音楽から始まります。とうとう最後まで話を聞いた私たちは、なんでよし子がそこまで悲しかったのか?ということを理解できませんでした（これはきっと大人になった今、理解できることなのでしょう）。でも、マッチ売りの少女の音楽に合わせて、三角頭巾をかぶり、かごを持って、マッチ売りごっこをすることはとてもオモシロイということに気がつきました。ある時は妹の千春が少女で私がマッチを買う役、ある時は反対です。たった一冊の本なのに、私たちの遊びはつきることがありませんでした。

テレビもビデオもゲームもある今、絵本はあまり重要視されなくなったかもしれません。だけど、私は絵本のよさは、全く違う次元にあるような気がします。

絵本では、読み手が語り手です。その語り手であるお母さんやおじいさんは、自分が知らないたくさんのオモシロイ話を知っていて、私たちに教えてくれるのだ、すごいなあ、自分も知りたいなあ、そう、絵本を読む人に、子どもは憧れます。ひらがなを読めるだけで、私たち大人はヒーローになれるのです。絵本って、夢の箱。一つ一つ、楽しい夢を見せてあげたいな。

絵本を立読みして、涙ぽとり。
『モチモチの木』『かわいそうなぞう』
『フランダースの犬』心、しっとり潤う。
大人のドライアイにも、絵本、おすすめです。

雨の降る夜は……

Candle lights...
the most beautiful light...

雨の降る週末、娘たちが寝たスキに映画を見ました。

「北京ヴァイオリン」という映画です。金曜日の夜や天気のいい日は、明るくて笑えるハリウッド映画が見たくなりますが、しとしと雨が降る夜は、しっとりした映画が見たくなります。ちょうど仕事でお世話になった方が北京に転勤したという話を聞き、なんとなく北京の風景を見てみたくなったところでした。

この映画は一三歳のヴァイオリンが上手な少年と、貧しいけれども、子どもの夢を一生懸命支えようとするお父さんのお話です。ユーモラスでもあり哀しくもあり、決して多くのハリウッド映画のようにわかりやすい映画ではありませんが、それが中国人の深さを表現していて、なんとも心潤うのです。

たくさんのすばらしいシーンがありましたが、私がいちばん好きだったのは、お金を稼ぎに一度北京から田舎に帰ろうとしているお父さんが、ヴァイオリンの先生の家でお世話になる息子に別れを告げ、借家の汚いドアを閉めるシーンです。帰路につこうとする息子がふっと振り返ると、ドアを閉めたはずのお父さんが静かにドアを開け、去りゆく息子の姿を今一度見ようとしています。息子に見られてきまり悪そうなお父さん。だけどドアの向うには、お父さんの深い深い愛情が描かれていました。

なんとなくこのシーンが私にとって特別だったのは、自分が留学するときも、振り返っても振り返ってもその場で手を振る母の姿が印象的だったからかもしれません。成田空港の第一ターミナルでは、エスカレーターが下に降りていきます。動いている間にだんだん小さくなって見えなくなる母・よし子の姿。自分で希望して留学を決めたはずなのに、その瞬間から、涙が止まることはありませんでした。

見送りの時いつもよし子は、私や妹が見えなくなるまでこちらを見ていて、手を振っていました。毎日学校に行く日もそうだったし、今、東京に遊びに来て福岡に帰るときでも変わりません。スーツケースを引っ張りながら、振り返り、振り返り、手を振りながら前に進むので、電柱にぶつかりやしないかと心配になるほどです。

こんなよし子が私たちの傍にいたから、映画の中のお父さんの気持ちが、とてもよくわかったのかもしれません。彼は自分の息子が小さく、見えなくなるまで、そっと見守り続けようと思っていたにちがいありません。「がんばれよ。父さんもがんばるから」と心の中で言いながら。

この映画の中で、もう一つ印象的なシーンは、ヴァイオリンの先生が何度となく生徒に「技術は教えられても、感情は教えられない」と言うところでした。どんなに指が速く動かせても、音符が速く読めても、上手に音が出せても、最後に重要なことは音楽の根底に流れる、作者の気持ちを想像できるかどうかなのだと。そこに哀しみがあったのか、歓びがあったのか、ときめきがあったのか、憤りがあったのか。その感情の流れを、作曲家はどのように表現したのか、「自分の経験」と重ね合わせて想像してごらんなさい、ということなのかもしれません。音楽だけでなく、建築でも料理でも、やっぱり相手の心を想像するところから、すべてがスタートするのです。映画を見ると、いいエネルギーをもらいます。娘たちが寝たひとときの贅沢。いい夜でした。

雨の日に聴きたいアーティスト…
キース・ジャレット、カーペンターズ、
エンニオ・モリコーネ、サラ・マクラクラン、
スティング、KOKIA、手嶌葵、
ラフマニノフ、そしてショパン。

私の大好きな二冊

最近忙しさにかまけ、本を読むことを忘れていました。ソファに寝転がって字を追いながらふっと眠ったり、美しい一文に心を動かされたりする、そんなひとときが無性に欲しくなりました。

私がもし、大好きな二冊だけをどこかに持っていけるというなら、宮本輝さんの『錦繍』とカズオ・イシグロさんの『日の名残り』を持っていくだろうと思います。新しい本をどんどん読むのも楽しいことですが、やはりこの二冊は、文章というのは心の底から癒される魔法なのだと感じた本だからです。細部まで気をつけて選ばれ、織りなされる言葉の一つ一つは、何度読んでも発見があり、美しいだけでなく心の奥底にさわやかな香りを送ってもらっている気分になります。

本はついつい速く読みたくなり、先を知りたくなるものですが、この二冊は、おいしいモルトウィスキーでも飲みながら、モゴモゴ声に出して読み、書き手と同じスピード

で時間を過ごしたくなります。カズオ・イシグロさんの本は英文で読みますが、これほど美しい英語、それもイギリス英語を、両親を日本人に持つ作者がどうして書けたのだろう?と不思議に思います。私の仲のよい友人にも、昔イギリスに住んでいた人で、本当に美しい英語を書く人がいますが、おそらく、アウトサイダーであったからこそ、言葉の持つ力や響きに、より深い興味を持ったのでしょう。

自分が触れている人やモノの大切さというのは、言葉と同じように少し離れてみないとわからないものなのかもしれません。友達も、親兄弟も、あたりまえに一緒だったのが、一緒にいられなくなったとき、初めてその価値に気づくのが人間なのだと思います。『錦繡』は自分が愛する人と離れてしまった後、『日の名残り』は自分がプライドを持って大切にしてきた仕事を離れるとき、主人公たちが感じていることを徒然《つれづれ》とつづっています。改めて過去を思い出し、今の自分を見つめ、未来に対して希望を見つけていくという行為が、まるで心理学者として、人の心の再生を見ているような気分にもなります。そして、過去を振り返ることが、その人の未来を創り出すということを、主人公たちから教えてもらっている気分になります。

秋を迎えたら、再びこの二冊を読み、そして今度は自分の過去を振り返る時間を作ってみようかな、と思う今日このごろです。

本を読みながら楽しみたいお香&アロマオイル…
白檀、沈香、レモングラス、ラベンダー、ペパーミント。
本を読みながら飲みたいお茶…
リプトンのアールグレイ、
マリアージュ・フレールのマルコ・ポーロ、
中国のジャスミン茶。

感性を育てる

休みの日、まだ〇歳と三歳だった娘たちと銀座に行きました。宮崎駿監督の「となりのトトロ」を見て以来、バスに乗りたいと繰り返しお願いされるので、バスに乗って銀座に向かい、アイスクリームを食べに行くことにしたのです。バス停までは大人の足で歩いても七、八分かかるので、娘たちにとってはかなりの距離。だけど、バスに乗るのを心から楽しみにしているのか、そこまでがんばって歩いていくと言います。何度も転びながら、何度も起き上がりながら、バス停を見ると「トトロは来る?」とききます。そして「猫のバスが来るよ」と、寒い中目をこらして待っています。

最近、子どもの感性は大人の感性と変わらないのではないか、と思います。

例えば「千と千尋の神隠し」では「カオナシは本当はいい人、こわくない」とか、トトロと姉妹がバス停で出会う場面で、おねえちゃんが妹をおんぶしていると「やさしい

ねぇ、やさしいねぇ」とうなずきながら見ています。

私は何も教えたつもりがないのですが、「感性」というのが着実に育っているのです。不思議です。何かいい刺激を受けたとき、その時はそのものに反応するだけですが、どこかで記憶にとどまり、成長する過程の中で類似した別のことに反応できるようになるのでしょう。だから小さいからと子ども扱いするのではなく、やはり大人同様、いろんないいモノに触れさせ、わからなければ一生懸命説明するというプロセスは大切なのかもしれません。

私が大好きな映画の一つに、グレゴリー・ペック主演の「アラバマ物語」があります。ペック演じるアティカス・フィンチ弁護士は、不当な暴行罪に問われた黒人の弁護を請け負います。アティカスは妻には病気で先立たれているという設定で、子ども二人の面倒を見ながら、一九三〇年ごろのアメリカ南部という、地域的にも、時代的にも勝ち目のない状況で、法廷に立つことになります。子どもたちもその行方を見守りますが、結局は弁護していた無実の黒人があらゆる屈辱に耐えられず死んでしまうというお話です。

その映画の中で、五歳くらいのアティカスの娘は、お母さんが生きているころ、アティカスを呼んでいたように「パパ」ではなく「アティカス」と名前で呼び、そして小さな子どもとは思えない質問をいろいろと投げかけます。記憶は定かではありませんが、映画の最後か、あるいは映画を見た後に読んだ原作本『ものまね鳥を殺すには』の中だったかに、少女が父に向かって「思いやりって何？」という質問をするシーンがありました。その難しい質問に、アティカスは彼女を自分の膝に座らせ、「それはね、人の靴に足を入れて、歩いてみようとしてあげることだよ」と答えるのでした。小さな靴なら小さな靴の、大きな靴なら大きな靴の履き心地があるように、人の心もその人の靴を履いて、歩いてみないとわからないということでしょうか。

初めてこの映画を見たのはアメリカで、留学したばかりの頃。英語はほとんどわからなかったのに断片的に内容を理解し、そして静かな感動を覚えたことを記憶しています。私が言語というものを超えて何かを感じていたように、きっと子どもたちもいいモノに触れると、言語を超えて何かを感じ取り、心を動かされるのです。そういう力を持つ子どもに対して、ペックが演じたアティカスのように、何かをきかれたらはぐらかすのではなく、その時々で与えられる自分のベストの答えを返していくということは大事なことかもしれません。私はまだまだアティカスにはなれず、人の靴を履いて歩くこともできません。「あ～ハイハイ。あとでね～」とはぐらかしてしまいます。でも心のどこかで、ああいうふうになりたい、ああいう親になれたら、ステキだなあと思います。

グレゴリー・ペックは同じ大学出身。
第二のグレゴリー・ペックになるような人が、
きっとキャンパスを歩いていたにちがいない。
もう一度、大学生になりたい。
そして再び、いろんなところを旅したい。

This is it

私の母・よし子が「り香ちゃん、絶対にマイケル・ジャクソンの映画観に行って！」と言うので、素直に観に行ってきました。よし子のオススメは、これまでハズレがありません。

いやあ、もう感動です。鳥肌がたつ、これほどの感動を受けたのはどれくらいぶりだろう。マイケルの音楽は好きだったけど、人としてのすばらしさを感じたのは初めてかもしれません。世界中の人たちから、本当に愛された理由が分かりました。これは何があっても音響のよい映画館の、前から三列のど真ん中で観なくてはいけません。いまだかつて経験したことのないエンターテイメントを味わうことができます。たった二時間くらいの、消滅してゆく時間のために、どれほどの人たちが力を合わせ、マイケルの言葉に耳をかたむけ、コンサートをクリエイトしようとしてきたのかと、想像するだけで、

Love is here and
You are gone...

震えます。どんな人に何を伝えるにも、穏やかに、そして謙虚に耳を傾けるマイケルの姿は、本当の意味で、自分の力を信じている人にしか、できないことだな、と思ってしまいました。若手の女性ギタリストに「ここは君が目立つ所なんだから」と、寄り添って勇気を与えている姿にも感動しました。たくさんの感動を与えて、愛情を与えて、'This is it'、「これが最後」というコンサートを開こうとしていたマイケル。そんな彼に、映画を通じてでも、出逢えて、よかった。

母・よし子は、二回目を観に行くそうです（私の母の、そんな心の柔らかさは、尊敬します）。「かりんちゃんたち、わかるかな」と言ったら「わかるよ音楽だもの」、というので娘たちも連れていきましたが、今朝から、私たちはマイケルソングにのって、踊っています。四歳の次女のさくらが「ねー、あのこわい音楽かけてー」と言います。

うにトマトクリームソースパスタ

recipe

もし「これが最後」の夜ならば、最後の食事はおにぎりにするか、
トマトソースのパスタか、それとも、少しゴーカに
うにトマトクリームソースのパスタと白ワインにするか…迷うな。
このパスタは、それくらいおいしいと、私は思う。

材料（4人分）
うに…70g（1箱）
トマト…1個分（皮ごとすったもの1/2カップ分）
生クリーム…1/2カップ
おろしにんにく…小さじ1/4
塩…小さじ1/2
砂糖…小さじ1/4
唐辛子…1〜2本（みじん切り）
黒こしょう…少々
あれば彩りにパセリまたはイタリアンパセリ
パスタ（1.9mmのもの）…240g
パスタをゆでる水と塩（水12カップに対して塩大さじ2）

つくり方
1. お湯を沸騰させて塩を入れパスタをゆでる。
2. 耐熱器または耐熱ボウルに、うに、トマト、生クリーム、おろしにんにく、塩、砂糖、唐辛子を入れる。
3. パスタがゆで上がる間に2をレンジで3分半加熱してかき混ぜておく。
4. パスタはちょうどいいかたさで湯から引き上げ、よく湯をきったら3のソースとからめる。仕上げに黒こしょうとパセリなどを彩りに散らしてでき上がり。

（ワインパーティーをしよう。）

グレイズ・アナトミー

最近、グレイズ・アナトミー、というアメリカのTV番組シリーズを見ています。面白いです。元気な女性が主役だからかもしれません。

そもそも私は「大草原の小さな家」に憧れてアメリカに行きたい！と思ったのですが、いざ留学してみたら、キャロラインのようにアップルパイを作ってくれる女性はいない、ということに気がつきました。「インガルス一家に憧れてアメリカに来ました」というと「あなた、大昔の話よ」と笑い飛ばされました。女性は男性と平等に責任を果たす仕事をしていました。彼女たちには、ある意味、「仕事を辞める自由」がありませんでした。日本のように、男性がお金を家に入れる、というシステムもなければ、離婚率も高い。自分が働いていないために子どもの親権を手放さなければいけない女性もいました。産休だって三か月あればよい方でした。今もその状況はあまり変わっていないと思います。

Working... but
still wanna wear
high heels.

グレイズ・アナトミーという外科医のインターンである主人公の女性たちを育ててきた世代が私の出会ったアメリカ人女性たちです。必死に仕事をして、家がひっちゃかめっちゃかになりながらなんとか家事をこなし、自分の子どもたちが、男性と対等の責任感を持って仕事ができるように、育て上げていました。

たくさんの登場人物の中で私が一番好きな女性医師は、ベイリー先生。黒人であり、子持ちであり、旦那さまからも、そして他の女性からも、風当たりの強い立場です。でも、常に目標を失わず、一貫性があり、結果、誰からも信頼される人。「一貫性は大切だな」と思います。言っていることが、変わらなければ、子どもも含め、周りの人間は、対処法を考えることができます。ベイリーさんは自分のライバルが、よりいいポジションを獲得しても足を引っ張るのではなく、最後は、「あなたのアシストをするから」と宣言します。諦めの悪い人物が現実社会にたくさんいますが、仕事の組織というゲームに参加するならば、ベイリーさんのように葛藤を超える覚悟を持つ人がいなければ、さまざまな組織の底上げにはつながらないのだな、と思います。

You can be anything. 母親にそう言われて育った女性たちが外科医になり、国防長官になり、宇宙飛行士になりました。素直に「かっこいいな」と思います。私も娘たちに(可能な限り、女の子らしさは持ってほしいけれど)、「なりたいものには何でもなれるよ」と呪文のように唱えて自分でリミットを作らない人間に育ってほしいと思います。

お手軽石頭火鍋

recipe

刺激多き女性たちに合わせるならスパイシーな料理。

材料（4人分）

ごま油…1/2カップ

豚バラ薄切り肉…200g（切り落としでもよい）

にんにくのみじん切り…1かけ分

水…6カップ（1200ml）

チキンスープの素…小さじ2

A

- 玉ねぎ…1個（7mm幅の輪切りに）
- ほうれん草…1/2わ（半分の長さに切る）
- 長ねぎ…2本（4〜5cm幅の斜め切り）
- 白菜…1/8株（4〜5cmに切る）
- 生しいたけ…8個（軸を切り落とす）
- えのきだけ…1袋（根元を切り落とす）
- 木綿豆腐…1丁
- 殻付きエビ…8尾（冷凍でもよい）
- タラバガニの足…4本
- 牛薄切り肉…200g（すき焼き用かしゃぶしゃぶ用、もも肉の切り落としでもよい）
- しらたき…1袋

たれ

- 卵…8個
- コチュジャン…適量
- しょうゆ…1/2カップ
- 砂糖…大さじ2
- ごま油…大さじ1
- 長ねぎのみじん切り…2/3本分

つくり方

1. 豚肉と牛肉は5cm幅に切る。Aの野菜やきのこ類は、材料欄の指示のように食べやすい大きさに切る。豆腐はキッチンペーパーで軽く水けをきってから12等分に、エビは頭と殻をむいて背に包丁で切れ目を入れて開き、背わたを取り除く。カニは食べやすいように半分の長さに切る。たれのしょうゆと砂糖、ごま油、長ねぎを混ぜ、半量を各自の取り皿に分けておく（残りは食べている途中で足せるよう食卓に用意しておく）。

2. 鍋にごま油とにんにくを入れて熱し、油が熱くなってにんにくの香りがしてきたら豚バラ肉を加え、中火で5分程度火を通して脂を出し、肉だけ取り出す。

3. 水とチキンスープの素を鍋に加え、沸騰したらAの材料と取り出しておいた豚バラ肉を入れる。火が通ったら、各自生卵1個を溶き入れてコチュジャンを加えたたれでいただく。

（今日はおうちでレストラン）

アルケミストの少年

ある人の息子さんに、大きな夢があるというお話を聞きました。話を聞いている間、『アルケミストの少年』という本のことを思い出していました。羊飼いの少年、サンチャゴは宝ものを見つけるという夢を追うために旅に出て、いろんな経験をします。再生できないほど大変な経験をすることもあれば、人生でお返しできないほど、人に助けられる経験もします。夢があること自体、すばらしいことです。でも、その夢のために、言葉だけでなく何かを実行している人に出逢うと小さな勇気をもらい、そして、何かしてあげたくなります。『アルケミストの少年』のなかに登場するすばらしき大人たちのように。

私は時々、アメリカのホストファミリーのお父さんが言ってくれた言葉を、思い出します。「り香、私はどんな夢でも、いつでも、その夢を応援する。夢はいくつ持ってもいいし、いくらでも変わっていいのさ。だけど、大事なことは、夢を持ち続けることな

We can't live
without dreams.

七〇を過ぎても、物理学が好きな彼は宇宙の誕生を解明する論文を書くのだ、と毎日何時間も机の前に向かっています。そんな彼に再会するたびに、私は元気をもらいます。夢がある人たちに、たくさんのすばらしい出会いがありますよう。そしていつか、私もいろんな人の夢の小さな小さなサポートができますよう。

ちなみに現在のかりん、さくらの夢は「結婚」です。二人とも「〇〇くんと結婚したい」というほどの好きな子たちがいて、結婚したら、家はどこに住むとか、話をしています。ちなみに、候補ナンバーワンとナンバーツーがいます。そのうちね、おかーちゃんが綾小路きみまろさんのＤＶＤでも見せてあげるからね。結婚がたった一つの夢だと……現実は厳しいっていう事実も知っておいてもらわないとねー。夢は多い方がいい。

What's your dream?

アボカドとオレンジのサラダ

recipe

4年生のときから、私の夢はアメリカに行くことだった。
その8年後、私はアメリカに行き、そしてアボカドに出会った。
そのときはメキシカンレストランだったけど、
なんておいしいんだ〜〜〜！とショックだった。
アボカドは私にとっては、カリフォルニアの夢の味。

材料（4人分）
アボカド…1/2個
塩…少し
オレンジ…1個
ベビーリーフ…2カップ分
A
E.V.オリーブオイル…大さじ2
白ワインビネガー…小さじ1
オレンジの果汁…大さじ1
塩、砂糖…各小さじ1/2

つくり方
1. アボカドは縦に1周切り込みを入れて皮と種を除き、1cm厚さに切って塩をふる。
2. オレンジは皮をむき、房から実を出す。房に残った果肉を房ごと絞り、大さじ1の果汁を取っておく（果汁はドレッシング用）。
3. 器にベビーリーフ、1のアボカド、2のオレンジをのせ、Aのドレッシングを回しかける。

（2皿ディナー）

ジャズフォーミー

ジャズ・トランペッターの中では、チェット・ベイカー、クリス・ボッティが大好きだけれど、マイルス・デイビスはやっぱり、特別です。どこの国のカフェでもバーに行っても、マイルスの音楽が流れてきたら、その場の空気が変わります。あ、マイルスだ、と思う。

マイルスはすばらしいピースをたくさん残しているけれど、一番好きな曲は何ですか?と聞かれたならIt Never Entered My Mindと答えるような気がします。これはトロントで初めて聞いた曲。一人で出張中にいつもながら、「外国におひとりさまってのはさびしいもんだなー」と思って道を歩いていたら、古いレコードショップのようなところでこの曲に出会いました。店長であるおじさんに「Is this Miles?」と聞いたら「マイルス、好きなんだね、うれしい」、と彼自身が作ったジャズ・コンピレーションCDをくださいました。ビル・エバンス、オスカー・ピーターソン、チェット・ベイカー、キ

ース・ジャレット、ジョン・コルトレーン、マッコイ・タイナー、ミッシェル・ペトルチアーニ、クリス・コナー、そして、マイルスの曲はIt Never Entered My Mind。その曲に反応してお店に入ってきた私に、このCDをプレゼントしてくれたのでした。

この店長に、私はお願いをしました。「あなたのベストJAZZ　CDを選んでください。その一〇枚を買いたいです」と。時間、かかったな（笑）。だって、それはきっと、彼の人生。私は時間だけはあったので、グルグルお店を回って、彼の選んでくれるCDを待っていました。トロント出身の彼が選んだジャズ・ピアニスト、オスカー・ピーターソンの一枚はWe Get Requests。私の大好きな一枚でした。

時空を超えて、国籍を超えて、人に触れ合えた一瞬は、どこまでも深く、いつまでも忘れません。互いに、もっと話をしていたいような、そんな余韻を残しつつ、店を後にしました。今宵はマイルス・デイビスにジンファンデルで乾杯。その甘い香りが、きっと甘い、彼の思い出と、重なるような気がします。赤ワインとマイルス・デイビス。合うな。

クラシック

CD

ジャズは夕食を食べているときにとても合うけれど、
実はクラシックもとても合う。

大好きなラフマニノフ、バッハ、モーツァルトの作品から
食事をしながら、お酒を飲みながら、
そしてコーヒーを飲みながら
聴きたくなるピースを、セレクトさせていただきました。

みなさまの心に、す〜っと飛んでいきたい
メロディーが詰まっています。

行正り香監修
Music for Dinner & Drink

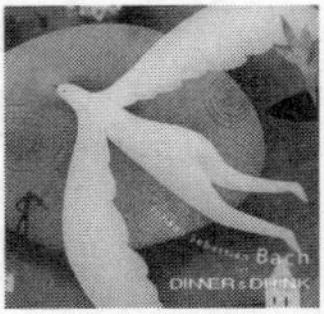

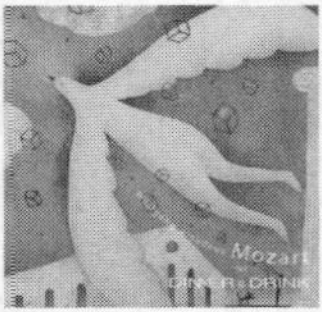

Sony Music Japan International Inc.

キース・ジャレット

「好き」ということは言い続けるものです。私はことあるたびに「キース・ジャレットが大好き」と言うもので、いろんな方からＣＤやＤＶＤ、果てはコンサートのチケットまでいただき、五月の初夏に、キースのコンサートに行かせていただきました。

会場に入ったら、普通のクラシックやジャズのコンサートと違って、観客がみな緊張しています。なんだかもう、みんなキースと向き合う準備をしていて、ドキドキしながら席についているのです。かくいう私も緊張をしすぎて、咳が出るほど。病気をして復帰したキースが、今度はどんな演奏を聴かせてくれるのだろう。

それは私にとって、一言で言うと（行ったことはないけれど）、「宇宙への旅」のようなコンサートでした。宇宙飛行船に乗った私たちは緊張しながら大気圏をくぐりぬけ、不安定な動きのなかではじめての宇宙を経験しようとします。まだ私たちが住む水の惑星、地球は見えてこず、なんとなく不安定な暗闇の中をひたすらハイスピードで飛び続

ける感じ。そうしてユサユサ揺らされながら、キースが突然、宇宙船を、母なる星・地球の目の前に誘導してくれます。「すごいだろう。美しいだろう。優しいだろう。こんな大きな愛に育まれて、僕たちは生かされているんだ」——日頃、私はいろんなことに気づかぬまま、時間を過ごしてしまいます。生まれくるものにも、消えゆくものにも、十分な注意をはらうことなく、目の前のことに一生懸命になってしまう。でも小さなものは着実に大きくなり、変化を続け、大きなものは年をとり、弱くなり、ふたたび消滅していく。キースの曲は、星の誕生から消滅まで、そして同時に、誰かの人生の初めから終わりまでを見せてくれているようです。

宇宙船はやがて地球に戻り、そして最後はやさしい海へと、旅をナビゲートしてくれます。キースがアンコールで弾いてくれたのは The Melody at night, with youからMy wild Irish rose。一番好きな曲、全身鳥肌の私。この曲を聴けるなんて、想像もしていなかった。本当にこんなことがあるなんて、信じられない。でもどこかで、こんなことが起こるかもしれないと、期待していた。なんとなく、彼にとっても、この曲はスペシャルなのではないかな、と。

ピアノという楽器で、みんなを宇宙の旅にナビゲートし、力という力をすべて出し切り、腕をだらーっと落として挨拶をするキース。彼は放出するエネルギーでキラキラ輝き、そして無になったからこそ、何か別の力が宇宙から降りてきていた。その姿を、私は一生、忘れることはないでしょう。

東京芸術劇場を出て、電車に乗り、ぷらぷら歩き出したら、どことなく木の香りが漂ってきました。なんとも心地よい、肺の奥まで染みわたる緑の香り。夏の前、寒くもなく涼しくもない夜。東京の街は実は信じられないほどの緑に包まれていて、ああ、私は今まで、このすばらしさに気がついていなかったなぁ、と思います。

コンサートに行ったり、演劇を見たりするということは、クリームの厚塗りで埋まっていた毛穴をきれいに拭いてよみがえらせるようなことなのかもしれません。

スモークサーモンパンケーキ

recipe

キース・ジャレットの音楽を聴きながら
私が飲みたくなるお酒は、ギムレット。
そしてギムレットを飲みながらつまみたいのが、これ。
もうね、酔っぱらってしまっていいんです。
クルクル頭がまわりだしたら、深〜く深〜くソファーに座って
そしてそのまま眠ってしまいたい。

材料（4人分）
スモークサーモン…8枚
ホットケーキミックス…1/2カップ
小麦粉…大さじ2
水…1/2カップ
ディル（あれば）…適宜
クリームチーズ…30g
牛乳…大さじ2
卵黄…1/2個分
塩…小さじ1/8

つくり方
1. ボウルにホットケーキミックスと小麦粉、水を入れ、かき混ぜる。ホットケーキを焼く要領で小さくケーキを焼く（直径4〜5cmくらい）。
2. ソースを作る。マグカップにクリームチーズを入れてレンジで30秒加熱する。よくかき混ぜて牛乳を入れ、冷えたらそこに卵黄、塩を入れる。
3. パンケーキの上にスモークサーモンをのせてソースをかけて、上にディルを飾る。

（カクテルはいかが？）

ラブストーリー

先週金曜日、インフルエンザの注射を受けた娘が思いのほか早い眠りにつき、久しぶりに夜一九時過ぎからぽっかり時間が出来ました。以前だと金曜日の週末には仕事帰りに友達と飲みに行ったり、映画館に行ったりしていましたが、娘も待っていることを思うと、なかなかそういう時間が持てません。今週はもしかしたら映画を見る時間があるかも、と借りていたDVDをプレーヤーに入れ、予告編の間、手抜き夕ご飯であったうどんの片づけを済ませてソファの上に座りました。映画は韓国のもので、タイトルは「ラブストーリー」。以前見て好きだった「猟奇的な彼女」を監督したクァク・ジェヨンという人の作品です。おもしろさと温かさを両方備えた彼のスタイルが好きだったので、今回も小さな期待を胸に抱きつつ、オープニングシーンを見守ります。食後のみかんをほおばりながら、一瞬にして懐かしい世界に引き込まれて行くようです。

心に秘めた恋に悩むジヘという女子大生が主人公。彼女はある天気のよい午後、家の

Love is like a flower.
Love is like a rose
Love is like a river.
Love is like a dream

クロゼットに、ほこりだらけの木箱を見つけます。その木箱にはぎっしりと入った手紙と一冊の日記帳。ジヘは母と父の間に交わされたラブレターを一通一通手に取り、そして読み始めます……あれ、そういえば、妹と私も、両親が書き綴ったラブレターをタンスの中に見つけ「イヒヒヒ、千春ちゃん、節也様だって」「り香ちゃん、よし子様だって」と笑いながら読んだことがあったな、とそんなことを思い出します。ジヘは、私たちが両親のラブレターを見つけた時そうであったように、自分が知らなかった母や父の姿があったことを知ります。そして映画はジヘの現代の恋と、時代を超えて母や父が経験した恋を、ほぼ同時進行に描いていきます。心奥深く広がる余韻を味わいたい秋の夜長には、オススメの作品です。

人を想うひたむきさって、カンタンに描けるものではないような気がします。現代には、そんな古くさいテーマよりもっと複雑で新しいテーマを探そうとする風潮もあるし、より映像に凝った作品を作り、アートディレクションで人の眼を驚かせようと思う監督もたくさんいるかもしれません。でも「初恋のきた道」を監督したチャン・イーモウやクァク・ジェヨンに共通するのは、眼だけでなく、心で映画を見てもらうような作品を丹念に創り上げていることです。深い慈しみに満ちた眼で世の中を観察し、感じ、そして経験したことを映像で再現する監督たちに脱帽します。

博多風かしわおにぎり

recipe

福岡の博多山笠は男性の祭りで、
女性は朝からかしわおにぎりなんて握って
練習から帰ってくるのを待ってあげる。
一方東京の祭りでは、女性も神輿を担ぎ、男性は応援もしてくれる。
一生懸命応援をしている男子を見たとき、
こんな男たち、好きだな、と素直に思ってしまった。
そのまっすぐな愛情表現が潔くて、かっこいい。

材料（2〜3人分）
米…2合
水…2カップ
鶏のもも肉…1/2枚（なるべく細かく切る）
ごぼう…1/2本（細かいささがき、またはみじん切り）
にんじん…1/2本（皮をむいてみじん切り）
しょうゆ…大さじ2
みりん…大さじ2

つくり方
1. 米は研いでざるに上げておく。
2. 鍋か炊飯器に材料をすべて入れ、普通のご飯と同じように炊く。濃い味にしたければ塩を小さじ1/4ほど足すとよい。
3. そのまま、もしくはおにぎりにして食べる。

＊福岡では、よく運動会や遠足で食べます。

（一皿から始めよう！）

母・よし子のワンピース

先日、長女の保育園の保護者会がありました。

そこで先生方が子どもたちの日常を題材にした紙芝居をしてくださり、笑ったり感動したり。世の中には、この先生方のようにすばらしい人たちがいるもんだなあと、うれしくなった午後でもありました。今回は保護者会でしたが、そのうち、娘たちのお遊戯会なんかもあって、楽しいんだろうな。二人はどんな芸を披露してくれるのでしょう?

私は自分が初めて出たお遊戯会のことを、とてもよく覚えています。当時、激戦種目?であった童話劇「おむすびころりん」では役をもらえず、幕間に花笠音頭の笠をかぶって右に左に揺れるだけという役でした。

ところがお遊戯会の朝、おむすびを作る主役のおばあさん役の女の子が熱を出してお休みとなりました。先生はあわてふためき、おじいさん役の男の子は泣いていました。

Love is so short. Forgetting is so long.
by Pablo Neruda

私はいつもうらやましいなあ、うらやましいなあ、とおばあさん役の子をまねしていたようで、先生が「り香ちゃん、ちょっとやってみて」と言います。私は喜んで「おむすびころりん、おむすびころりん、おむすびが好きなねずみはだ～れ？」と演技をしました。廊下で練習をして、いざ本番。突然、人生最初で最後の主役を演じることになったのです。

終わるとみんなから拍手をされ、先生たちも大喜び。お遊戯会が終わってよし子をつかまえ、「り香のおむすびころりん見た？」ときくと、「り香ちゃん出ていたの？ なんだか隣の人が、おばあさん役がり香ちゃんにそっくりと言っていたけど、花笠音頭じゃなかったの？」と言います。どうも「おむすびころりん」の最中は、隣のお母さんとのおしゃべりで上の空だったようです。

お遊戯会や参観日では、よし子はいつもこうでした。念を押しておかないと、きちんと来ないし、来ても見ていないことが多いのです。悪気はないのですが、私の参観日の時間に、妹の教室に行ってしまったり、妹のプール見学の時間に、私のほうに来てしまったりと、かなりドジなのです。

いつも妹と私は、後ろを振り向き、「よし子はちゃんと来てくれただろうか？」と確認していました。

たまに振り向いたときにキチンと来ていて、しかもピンク色のフワフワするワンピースを着ていたりすると、本当にうれしい気分でした。教室の中で、自分のお母さんがいちばんきれいだと、心の底から思っていたものです。

今になってそのころの写真を見ると、ほかにもきれいなお母さんがいましたが、そのころは自分の母親が自慢で仕方なかったのでしょう。

「このワンピース、捨てようかしら」とタンスを眺めながら言うよし子に「そのワンピースは捨てないでよ。まだ着られるよ」と私と妹はお願いしていました。袖もスカートの部分もシフォンの生地で二重になったドレス。デザインもすべて覚えているから不思議です。

このワンピースを着ていた、誰よりもきれいな母・よし子の姿は、私たち姉妹の心に一生残ることでしょう。ジーンズも楽でいいですが、やっぱり女性らしいワンピースもいいものですね。

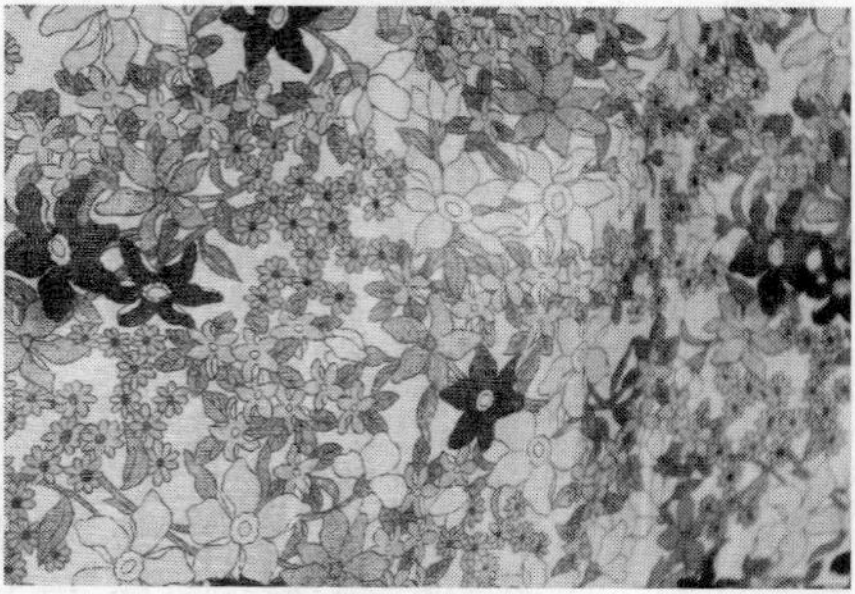

私たちが小さいころ、母親はみんなスカートをはいていた。
女性が働く時代。機能性からパンツルックが多くなる。
フワリ揺れるスカートの裾、やはり女らしい。
女に、ならねば。

習い事

私と妹は小さいころから習字とピアノを習っていましたが、私は飽きっぽい性格なもので、そのいずれも大成しませんでした。でも一つだけ言えることがあります。それは私が「他の生徒たちの壁になっていた」ということです。ちなみに、これは私の言葉ではなく、共に習字を習っていた幼馴染の言葉です。「いつもさー、先生から今度はあたしが怒られんかいなーって思っとったら、大抵り香ちゃんがムチャクチャ怒られるけん、あたしたち、怒られんですんだっちゃんねー。まさに、り香ちゃんは私たちの壁やったよ」。先生はエネルギーを使い果たし、他の人を怒る気力もなくなっていたのです。

ピアノの練習で私は今度は、妹の壁となります。それはまず、母・よし子が「なんでちゃんと弾かないの!!!」と怒りだすのが私だからです。そして靴も与えられず、外に追い出されるのも、私だからです(今のような危険な時代には考えられないかもしれませんが、寒かろうが夜遅かろうがピアノを練習しないと、私は家を追い出されていました)。

妹はそんな私を気の毒に思い、靴を玄関のポストから出してくれていました。そして妹はハタと気がつくのです。「裸足で外か、ピアノ練習か、自分には二者択一しかない」ということを。妹は迷わず「ピアノ」を選んでいました。「裸足で外に追い出されるみっともないねーちゃん」がいたからこそ、妹は後にピアノの講師免許まで取れるようになったのです。

はっきり言って、少女時代は母・よし子の「末はピアノの先生に」という夢に翻弄されました。でも今、私が音楽をここまで好きになれたのも、やはりよし子のおかげだなと感謝しています。「音楽は友達になるんだからね、り香ちゃん！」と言いながら夜中でもヘッドフォンをつけてエレクトーンを練習している母の後姿。あの母の情熱があったから、私は今、音楽と友達になれた。そして音楽を好きな友達とも、友達になれた。「ママー。うるさい」「やめてよー、もー」いつも音楽を聴きながら料理をしたり掃除をしている私に向かって、娘たちが言っています。でもね、聴き続けていただきますよ。だっていつか、絶対に音楽はあなたたちの友達になってくれるから。淋しいときも、そして心がとろけるように嬉しいときも、いつもいっしょにいてくれるのだから。

習い事なんて、自分の人生を形づくるほどのものではないと思っていたけど、習い事、大事ですね。何よりも、続けることは、大事ですね。いかん。最近何事も、習っては、辞めている……。

シンプルトマトソースパスタ

recipe

「かたづけなさい」「勉強しなさい」「ピアノひきなさい」と、
かーちゃん、いつも娘たちに怒っている。
言いすぎたかな、と思ったときは、
娘たちが好きなものを作ってあげる。
長女はトマトソースのパスタ。次女はバジルソースのパスタ。
イヒヒヒヒヒ。おいしいものを食べさせてあげると、
離れていた心が、戻ってくる。

材料（4人分）
パスタ…320g（1人分80g）
トマトソース
ホールトマト（缶詰）…1缶（400g）
塩…小さじ1/2
砂糖…小さじ1/2
オリーブ油（できればエクストラバージン）…大さじ2
にんにくのみじん切り…小さじ1
赤とうがらしのみじん切り…少々
パルメザンチーズ（おろしたもの）、
パセリ（あれば彩りに。みじん切り）…適宜

つくり方
1. どんぶりやボウルなど電子レンジ対応の器にホールトマトを入れ、キッチンばさみで大まかにカットする。手でつぶしてもいい。
2. 塩、砂糖、お好みでにんにくのみじん切りや赤とうがらしのみじん切りを加えて混ぜ、ラップフィルムをせずに、レンジで17〜20分加熱する。15分ほどで一度取り出し、全体を混ぜて様子を見るといい。
3. まわりが少し焦げてきたらレンジから取り出す。焦げた部分は、スプーンで取り除く。最後にオリーブ油を加えて、全体をよく混ぜたら、ソースの完成。
4. パスタをゆでる。ゆで上がったパスタの湯をざるできり、ソースと合わせてあえる。仕上げにパルメザンチーズ、あればパセリをふる。E.V.オリーブ油を回しかけてもおいしい。

（エブリデイ！　パスタBOOK）

新天地の雲の上はいつも晴れ

Above the clouds...
always Sunny...

私は自分の小学校の入学式の日をよく覚えています。

その日はとても天気のよい暖かい日で、初めて入った教室の机には「ゆきまさりか」とひらがなで名前が貼ってありました。

なんとなく触ったら、その紙が破れ、「ゆきま、さりか、に分断され、悲しい思いをしたのを覚えています。書き直して新しい紙を貼ってくれないかな?と思いましたが、誰にどう伝えたらいいのかわからず、「ゆきま、さりか」という名前のまま、しばしを過ごしました。

その後、漢字が書けるような年齢になると、新しい担任の先生からは「ゆきま、さりか」ではなく、「行き止まり、かおりさん」と言われたこともありました。「正」の上の棒が一本見えなかったのでしょう。ゆくまさ、いくまさ、ゆきどまり。もう何でも結構です、と子どもながらに思っていました。

学校でせっかく名前を覚えてもらっても、父の転勤で、よく引越しをしました。幼稚園一回、小学校二回、中学校一回と二、三年おきに引越しをしていたことになります。そのたびに友達との別れという悲しい経験をし、新しい学校ではいじめもありました。呼び出され、囲まれたこともあります。下を向いて、自分の上履きの名前なんかをじっと見ていましたが、目をつむると涙が落ちそうなので、目をつむらないようにがんばっていました。

動物の世界でも、新参者が入ってくると前からいた者はアタックします。新しいモノ、自分と違うモノが怖いからです。いつものリズムや慣習をこわされるのが怖いからです。食べ物でも同じことがいえます。いつも黄色い卵が緑だったら、きっと私たちは食べたいと思わないでしょう。悲しいけれど、いじめというのは、動物にとって本能のようなものかもしれません。

母・よし子は、私が学校でいじめられたことを言うと「いじめる子はかわいそうな人なのよ。弱いから新しい人が怖くていじめるのよ。だから、気の毒だな、かわいそうだなと思って自分は堂々としていれば、いつか仲よくなれるわよ」と言っていました。いじめられたと、先生に言いつけることもできるでしょう。他の人に仕返しをしてもらうこともできるかもしれません。だけど、それは本質的な解決にはつながらなかったような気がします。母の冷静な言葉は、自分が親になった今、改めてすごい言葉だと思います。彼女は、私に一つの解決法を見つけさせてくれました。

引越しをするのは子どもに悪いとか、新しい学校に転校するのでかわいそうだと大人は心配しますが、子どもにしてみれば、いつかは社会で経験するようなことを、少し早いステージで経験するということかもしれません。社会に出れば、転勤も転職もあるし、いじめだってあります。でも、それを「この世の終り」と感じないためには、過去に一度でもいい、「立ち直ることのできた経験」が必要なのかもしれません。

もし私の娘たちが転校することになったら、「あのね、最初の一か月はきっといじめられることもあるよ。でもね、その後、みんな絶対優しくなるからね。そういうもんだから、がんばってね」と伝えようと思います。

「新天地の雲の上はいつも晴れ」。私の上司が教えてくれた言葉です。新天地に行った人たちの空が、いつか蒼く輝くといいなあ。

新しいことには、
喜びと苦しみが〝セット〟でやってくる。
苦しくなったときは「プリティ・ウーマン」や
「ノッティングヒルの恋人」を見る。
単純に笑ったり。泣いたり。これで心もリセット。

あの時、あの言葉

I will try to love you
as the way clouds
love a mountain.

私も二人の娘を持ち、これから私はどんな親になるのかなあ?と想像することも増えました。やはり、私の母や父のようになるのかしら?という気もします。親の影響によって、自分の人生が決定的に変わってしまうという瞬間が、誰にでも一度や二度はあるはずですが、今振り返ると私が高校生の時に親の言葉から受けた影響は、計りしれないものがあったなあと思います。

その昔、私が高校二年生の時、学校では進学相談が行なわれていました。当時の私は眠り病にかかっていて(本当の病気ではありません。なぜか先生の話を聞くと眠くなってしまうのです)、眠る時間の増加に伴い成績もどん底に。面談の日に、担任である化学の先生の部屋に母・よし子を案内するときには、「あのね、よしちゃん、とにかくテストの成績悪いから、びっくりしないで先生の話を聞いてね」とお願いをしました。

ガラガラと木枠のドアを開け、部屋に入ると白衣を着た担任の先生がにこやかに挨拶され、そして優しい口調で厳しい現実を伝えられます。

「なにしろ今の状況では大学はもとより、短大にも入れない状況で……」「やってできないことはないと思うんですが、でもそれにしても……」

話は長々と続きます。私としては、とにかく頭をうなだれ、この場をくぐりぬけるしかないと思っていますから、時々うなずきながら『次はがんばります』という姿勢を見せようとします。

が、そこで、よし子が突然きっぱり自分の意見を言い出すのです。今でいう〝逆切れ〟です。それはハッキリとした口調で「大体ですね、勉強を好きでもないのに大学に行くというのはおかしいんじゃないですか。もう高卒で充分だと、私は思っております」。

いきなりの爆弾発言に私も目を白黒。『え？　私、大学に行かなくていいの？　そりゃ、初耳だ』と思います。私の将来を考えてくださっている先生も簡単には引きません。

「しかしですね、皆さんやはり、進学を目標にがんばっているわけで……」

すると、よし子はこれがキメの一言とばかり「大学に行っても就職率は悪いと、主人も言っております。ですから大学は結構です」と返します。目を白黒させた先生を後に母・よし子は化学室のドアを閉め、家に帰ってしまいました。

その日の夜、父が「面談はどうだった？」と台所で料理しているよし子に尋ねると、「あの先生ね、ねちっこくて私のタイプじゃないわ」と言います。父がきいていたのは、そういうことではなかったと思いますが、ヘタに何かを言うと怒られそうなので、私も無言のままいると、今度は父にまで「勉強する気もないのに大学に行っても金の無駄だ。だったら働きなさい。だいたいお前の特技は何だ？　一つくらいはあるだろう」と言われてしまったのです。

この時、私は初めて自分には特技が一つもないことに気がつきました。ピアノも勉強もスポーツも全部、中途半端。何一つ人より優れているところなどなく、職業に結びつくものもありません。そこで正直に「特技は何もないけど、英語は好き」ということを父に伝えると、「ならば英語を磨きなさい」と言われ、それがキッカケで高校三年から留学することになったのでした。

その留学をしたことでいろんな人に出会い、セカンドチャンスを与えてくれるアメリカの教育システムのおかげで最終的に大学まで行きましたが、あの時、母・よし子の想像を超えた反応と父の言葉がなければ、確実に今の自分はなかったといえます。

娘たちが好きで何度も見ている映画の一つに「魔女の宅急便」があります。一三歳になる少女キキが占いを職業とする女の子に出会い「あなたの特技は何?」ときかれますが、キキも一七歳の私と同じように「特技はないけど、飛ぶのは好き」と返事をします。そうしてキキはひとり立ちし、宅急便屋さんをすることになります。生活のために自立しようと思ったなら、あまり迷う〝余裕〟はありません。何か探してともかく始めなくてはいけない。その道を探求しはじめなくてはお金を払ってもらえない。

父も母も「教育の目的は子どもの自立」と言っていました。寂しくても辛くても、結局は自分の足で立ち、問題を解決し、生きていくしかないから、そういう力をつけてあげることが大事なのだと。私やキキがきかれたように、私も娘たちにきく日が来るような気がします。

「あなたたちの特技は何? 探してごらん。とりあえずそこから始めてごらん」と。案外、あっという間にそういう日が来るのかもしれません。

仕事が大変で上司に相談したとき。
「お前、戦闘機に乗ってんだからさ。戦え」と。
世の中、女性の多くも戦闘機に乗っています。
慰められるより、温かい。戦う女たち、がんばれ。

留学

鈴虫やこおろぎが秋の合唱を始めるたび、私は孤独で淋しかったアメリカでの夜を思い出します。自分から希望して高校三年生の九月に北カリフォルニアに留学しましたが、最初は後悔の連続でした。「留学したら、きっとやさしいホストファミリーに出逢って、楽しい一〇か月を過ごすだろう」と甘い幻想を抱いていましたが、ステイ先は、前述したように留学生を「維持費の安いメイド」という感覚で受け入れる老夫婦のところでした。まず、着いた日に「明日から洗面所と台所はここまできれいにするように」と言われたのを覚えています。水道の蛇口に水滴が一つついていてもだめです。ごはんはちょっとだけ。それ以上食べる必要はない、と言います。学校に行っている間は何とか耐えられますが、家に歩いて帰ってくる道々、犬を見ては雑種の愛犬ローラを思い出し、夕飯の支度の臭いをかいではお腹がすき、よし子が丼いっぱいよそってくれていた肉じゃがを思い出し、そして一人きりで過ごす長い夜、鈴虫やこおろぎの声を聞きながら、机

に向かって便せんを広げてはポトポト落ちてくる涙をふきながら、毎晩家族に手紙を書くという日々でした。期待と夢から現実の世界にズドンと落とされた私は「選んだ道だから」と自分に必死で言い聞かせました。

三か月ほど頑張っていましたが、体重がガクンと減り、とうとう高校のクラスメートが「おかしい」と気づいてくれました。ポーラという女の子です。彼女は「あなたは我慢をしてはいけない」と言います。「限られた時間なのだから、大事にしなくてはならない。だからホストファミリーは替えるべきだ」と。私は彼女の一言で目が覚めました。そう。ただ、与えられた状況を受け入れて我慢するだけではいけない。ちがうと思うなら、自分でやり直さなくっちゃ。今になったら不思議ですが、たった一八歳の子どもでしたが大きな決断をし、行動することができたのです。そしてそのおかげで、アメリカを離れて二十年以上たった今でも、交流が続く素晴らしいホストファミリーに出逢うことができたのでした。

「かわいい子には旅をさせよ」とは、どの国の格言にもあるほど、ユニバーサルな認識だと思いますが、これは真をついた言葉だと思います。若いときに傷つけば、再生も早い。落ち込んで失敗しても、やりなおしが利く。ただ、そのような経験をするには親の深い理解が必要かもしれません。親はどれだけ手をさしのべてあげたくても、それをしてはいけないのです。母・よし子は、私の書いた手紙を読むたびにボロボロ泣いて、「り香ちゃん、帰っていらっしゃい」と電話をかけたかったようです。もしかかってきたなら、私は飛んで帰ったに違いありません。でも両親は、私が自分の力で立つまで、ただただじっと耐え、励ましの手紙をびっしり書いて、送り続けてくれたのでした。

動物たちが子ども達を巣立ちさせるように、人間も子どもと離れて暮らすというのは、大事なことなのかもしれません。そうすると、再びいっしょになったとき、今度は大人の個としてのつきあいが始まります。今でも私にとって、両親は最高の友達であるように。

わかめと豆腐、ごま油のみそ汁

recipe

アメリカ留学中、母が送ってくれた永谷園の「あさげ」を飲んだら
涙がポロポロ止まらなくなったことがある。
それはインスタントのみそ汁でしかないのだけど、
母は福岡のスーパーに行って、
「り香ちゃん、おみそ汁飲みたいだろうな」と
棚から選んでくれて、箱に詰めてくれて、郵便局に行ってくれて、
その小包が太平洋を渡って、アメリカの私のもとに、届いたもの。
カップに入っているのは、母の心配であり、応援であり、
そして愛情。
しょっぱい涙と、しょっぱいみそ汁が、混ざり合って
新しい私が生まれたような気がする。

材料（2人分）
だし…２カップ
好みのみそ…大さじ２ぐらい
わかめ（もどしてざく切りにしたもの）
…1/2カップ（または乾燥わかめ大さじ2）
絹ごし豆腐（木綿でもいい）…1/2丁
（角切りにする）
ごま油…小さじ１
好みの薬味（ゆずの皮、ねぎ、ごま、三つ葉、七味とうがらしなど）

つくり方
鍋にだしと豆腐、わかめを入れ、温まってきたらみそを溶き入れてでき上がり。豆腐は煮すぎるとかたくなるので、グツグツ煮ないうちにみそを溶きましょう。器に盛り、ごま油をかける。

（やっぱり、和食かな。）

ホストファミリーのお父さん

久しぶりにアメリカのホストファミリーのお父さん・ジョンからメールが届きました。初めてお会いしたのは一八歳の時。ですから、何ともう二十七年近く前になりますが、それ以来、ずっと家族のようにつき合っています。かりんが生まれてからは子どもの話が多くなり、お母さんとのやりとりが多くなりましたが（なんと四人の男の子を育てながら、小学校の先生をやっていた超人です）お父さんからもらうメールは、いつも心が元気になります。

お父さんの両親はアイルランド・ダブリンからの移民。じゃがいもすらない貧しい時代に、アメリカに渡ってきたようです。決して裕福ではない暮らしの中、大学に行き、エンジニアリングを勉強しました。最初は会社勤めをしていましたが、「レーザーで木を彫ったり紙を彫ることができる」と発見してからは、ロサンジェルスの家のガレージで実験と失敗をくり返し、三〇代にはレーザークラフトカンパニーという会社を設立しました。その傍にはいつもお母さんのイーニッドが寄り添っていましたが、彼女はイタリア系移民の明るい性格。何があってもアッハッハッハと家中に響き渡る大きな声で笑う人。お父さんが失敗したときも、きっと笑い続けていたのではないかと思います。北カリフォルニアに会社を移設してからは、全国の文房具屋でレーザークラフトの商品を見るほど大きな会社となりました。アメリカンドリームを実現した二人です。

私が最初におうちにおじゃましたときは、最初のホストファミリーと折り合いが悪く、疲れ切っていたときでした。とりあえず、一年間の高校留学が終わって学校を卒業したら、福岡に帰って就職しようと思っていた私に「リカ、若い時期に勉強することはとても大事だよ。大学には行った方がいいよ。行ってみて自分に合わないと思ったら辞めたらいいじゃないか。とりあえず、うちの近所の短大に行ってみたらどう？　住むお金はいらないから、代わりに週に五日夕ごはんを作ってみるのはどう？」と言ってくれました。これがきっかけで、私は短大に進むことになりました。短大での授業は「これを覚えなさい」と与えられるのではなく、「なぜ金利が上がったら人の生活がかわるのか？」「なぜ、ヨーロッパは第二次世界大戦を防げなかったのか？」「なぜ猿のボノボは餌を分け合う文化なのか？」など考える質問がどんどん投げかけられます。アメリカでの大学教育の最も素晴らしいところは、生徒に知識を記憶させるためではなく、考える力、パターンを身につけさせる、そしてその考えを人の前で整理して伝えさせることを目的としていた、ということです。おもしろいなあ。がんばる気になるなあ、とあっという間に一年半たったとき、またジョンが言います。「リカ、せっかくならこの短大から四年制大学に編入したらどうだ？　受けてみたら受かるかもしれないよ。日本のお父さんにお願いしてみたら？」と言ってくれます。三年間も留学させてもらって、もうこれ以上親に負担をかけるのは申し訳ないと思っていましたが、思い切って手紙を書くと、日本にいる父も「パパもアメリカの大学に行ってみたかった。行けるようなら行ってみなさい」と返事をくれたのです。

ジョンは、「もうココまで来れば十分だな」と私が思ったところで、上からロープをたらしてきて、「もうちょっとコッチまで来てみたら？　なかなか眺めがいいもんだよ」と誘ってくれるような存在だったのです。彼の私へのサポートは現在でも変わりません。本を出版しても、会社の仕事の話をしても、本当に嬉しそうに話を聞いてくれて、「リカが子どもたちのなかで、一番僕の言うことに素直だよ」と喜んでくれるのです。子ども四人の子どもプラス私にとっては、応援団長とチアリーダーのような存在でした。子どもたちの夢がコロコロ変わっても責めることはなく「よっしゃ。ではそっちにあなたが進むよう、私たちは応援するよ」というポジティブパワーを送りつづけてくれます。

いつか娘たちが夢を語りだしたら、今度は私が発電器になって、ふわっと風を送ってあげたいなあ、と思います。良い伝統は受け継がなくてはいけません。

チキンとあさりのパエリャ

recipe

ホストファミリーのお父さんは、私のごはんがまずいときから「君は料理をする才能がある」と言ってくれた。
おいしくなったパエリャを食べてもらいたいなぁ。

材料（4人分）
鶏もも肉…１枚（2cm角に切る）
あさり…１パック（塩水に30分ほどつけて砂をはかせる）
さやいんげん…10本（筋を取って半分に切る）
玉ねぎ…中2/3個（粗みじん切り）
にんにく…２かけ（みじん切り）
米…２カップ（洗わないこと）
プチトマト…８個（半分に切る）
オリーブオイル…大さじ６
チキンブイヨンの素…１個
ビール…１カップ
水…１カップ
食用色素（黄色）…スプーンの先にほんのちょっと
塩…小さじ2/3
こしょう…少々
ベイリーフ…１枚
バジル（ドライ）…少々
パセリのみじん切り…適量

つくり方
１. 厚手の鍋（平たいもの。すきやき鍋でもOK）を中火で熱し、オリーブオイル大さじ２をひき、鶏肉といんげんをきつね色になるまで焼きつける。
２. そこに玉ねぎを加えて炒める。少々色がついてきたらオリーブオイル大さじ４を足し、にんにくと米を入れて、米が透き通ってくるまで炒める。
３. あさりとトマト以外の材料をすべて入れてさっとかき混ぜ、その上にあさりといんげんを取り出してきれいに見えるように並べ、さらにプチトマトを散らしてふたをする。沸騰するまで強火。沸騰したら火をごくごく弱火にして15分蒸す。
４. 火を止めて10～15分、ふたと鍋の間にペーパータオルを１枚はさんで、水分を取りつつ蒸らす。味見をしてやわらかいのが好みの方は、さらに蒸らしてください。
５. 好みでこしょうのひきたてをかけ、鍋のままテーブルに出すとおしゃれ。（だれか来る日のメニュー）

ワイナリーの思い出

私が五年ほど住んでいた北カリフォルニアには、今ではとても有名になったナパバレーやソノマのワイナリーがたくさんあります。当時は暇なとき、車を運転してロバート・モンダビやフェラーリ・カラノ、ステアリング・ビンヤードなど有名なワイナリーを廻っていました。ワインが好きというよりは、ワイナリーの風景が好きだったのです。一〇月になるとブドウの葉が茜《あかね》色に染まりだし、収穫が終わった後のワイン畑には、どことなく仕事を達成した満足感が漂っていました。そんな美しいワイナリーを、小さなホンダ・シビックでクルクル廻るうちに、ワインという存在そのものがとても好きになりました。

みんな同じような顔形をしたブドウなのに、陽のあて方によって、丘に吹く風の温度によって、収穫する日によって、まったく違うテイストのワインができあがる。それはまるで、人間を育てるような作業だな、と思いました。私の友人がウィリアムズ&スィリアムというとても有名なワイナリーの醸造家と結婚したので、作業を見せてもらったことがありますが、畑の間を歩き廻りながら収穫前のブドウを味わってみて「甘すぎる」と感じたら、それ以上陽があたらないように、ブドウの葉っぱを移動させて、傘をかぶせてあげる、酸っぱければ陽にあててあげる、といった細やかな思いやりの作業がされていました。

よく、「ワインは人のようだ」と言いますが、それはワインを育てた人の人格がボトルに詰まるからだと思います。車だってワインだって料理だって同じですが、結局は作り手の人柄がモノの価値を左右します。たくさんのモノのなかでも特にワインというのは香り、色、味、いろんな面で人格がストレートに出やすい飲み物なのかもしれません。おいしいワインに出逢うと、「あなたの名前はなーに?」「どこから来たの?」「どんな種類のブドウなの?」「あなたにはこんな料理が合うわね」「同じ種類のブドウなのにフランスとイタリアではこんなに香りが違うのね」と驚いたり、感心したりしながら心の対話を持ちます。すると、ただの一杯がもっともっと楽しくなります。

ちなみに最近感動したのは一三〇〇円のボトルでヴェルナッチャ・ディ・サンジミニャーノというトスカーナ地方の白ワイン。しばらくオーストラリアやチリの安くておいしいワインに手が伸びていましたが、イタリアの白は、もっともっと複雑な香りがして、さすが歴史あるイタリアン!と感心してしまいます。

切り身魚とえびの香草焼き

recipe

カリフォルニアのソーヴィニョン・ブラン、
イタリアのソアヴェやピノ・グリージョと合う。
辛口白ワインと魚。いいなぁ。

材料（4人分）

切り身魚…4枚（かじきまぐろ、さば、いわし、さんま、ぶり、シャケなど旬のもの）
えび…4匹（縦に開く。刺身用のほたて貝柱でもよい）
魚、えび用の塩、こしょう…各適宜（ナンプラーが入るので塩焼きより少なめ）
玉ねぎ…小1個（みじん切りにしてラップに包み、レンジで4分加熱しておく）
おろしにんにく…小さじ1/2（好みで）
唐辛子…1～2本（好みで。みじん切り）
オリーブオイル…大さじ2
ナンプラー…大さじ1
パン粉…1/4カップ
パセリまたはイタリアンパセリ…1/4カップ分（みじん切り）
あれば乾燥タイム（瓶入りでよい）…2つまみ
レモン…1/2個（4等分しておく）

つくり方

1. 魚にのせる香草ソースを作る。加熱した玉ねぎ（甘みが出る）とにんにく、唐辛子、オリーブオイル、ナンプラー、パン粉、パセリまたはイタリアンパセリ、乾燥タイムを混ぜる。
2. 魚とえびには少なくとも焼く15分前に塩、こしょうをして冷蔵庫へ（臭みが抜ける）。
3. 1の香草ソースをのせ、220度のオーブンで13～15分ほど焼く。トースターや魚焼き器で焼く時は、焦げないように注意。
4. レモンを絞っていただく。

＊玉ねぎとパン粉、香草を混ぜてのせて焼くだけですが、とても白ワインに合い、お客様から喜ばれる一品です。旬の魚いろいろで試してみてください。

（ワインパーティーをしよう。）

ひまわり

ひまわりというと、八月、イタリア・トスカーナ地方のシエナからラ・スペツィアまでの列車の中から見た、その群生する美しさを思い出します。

イタリアの夏の暑さときたら日本以上です。しかも日本のようにどこへ行ってもエアコンが効いているわけではありません。むしろ常に室外機のそばに立っているような状態。列車の二等クラスに乗り込んだ私は一瞬にして後悔しました。そもそも仕事でイタリアに行っていたのだから、少しぐらい贅沢をして一等車にすればよかった、そう後悔しながらふと窓の外を見たら。ワーオ。びっくり。ひまわり畑が見渡す限り広がっているのです。時刻は一八時半くらいだったでしょうか。みんながみんな、夕日の方向に向いています。感動です。ずーっとひまわり畑かと思ったら、次にブドウ畑、そしてとうもろこし畑。その繰り返し。私はコンパートメントの窓を全開して首を出し、トスカーナの夕暮れの風を体に受けてみたい気分になりました。いやあ、つくづく一等車にして

なくてよかった。エアコンが効いていたら窓は開けられないし、静かなお客さんのなかで、感動で笑いが止まらない女なんて、ちょっと変です。

大学時代、目が見えないインド人の友達がいました。彼はある時「リカは目が見えない僕たちは五感のひとつを失っていると思っているだろう。だけどそれは違うんだよ。僕たちは指で、手のひらで風や季節やいろんなことを感じるんだ。五感のうちひとつがなくなっても、きちんと別の感が育つんだ」と言いました。私は列車の窓からひまわり畑に向かって体を突き出したとき、彼の言葉を鮮明に思い出しました。目をつぶってみました。そう。わかる。わかる気がする。この生あたたかい、でも心地よい風が、どんな風景を作り出しているのか、わかる気がする。風にのってくる土の香りが、豊かな収穫を約束していることも、わかる気がする。

ピューッ。汽笛の音と沈み行く太陽に祈りをささげるひまわりの中では、なぜか時間がゆっくり流れていきます。いつの日か、一人ではなく、だれかといっしょに、気が向くままに列車に乗ってみたい。そうだ！　いつかかりんちゃんとさくらちゃんが大学生になったら、またユーレイルパスを買って一か月間ヨーロッパ巡りをしよう。二等車にのって、バックパックを持って、ユースホステルに泊まりながら。そして今度は列車を降りて、冷えたフラスカーティを飲みながら、懐かしいひまわりに挨拶をしたいものです。「チャーオ！　ひまわりさん！」

に強力粉を大さじ4ほどしき（分量外）、生地の半分を手できれいに丸めてから粉の上にのせる。麺棒か空き瓶などにも粉をたっぷりつけて、生地をオーブンの天板の大きさに伸ばす。

3. トマトソースをのせる。1枚に対して1/2の量。1枚に対しモッツァレーラチーズ1個をのせE.V.オリーブオイルを回しかけ、オーブンで10分ほど焼いたら出来上がり。焼けていないようならば、さらに2〜5分焼く。あればバジルの葉をたっぷりのせる。

（旅で出会ったイタリアン）

ピッツァ・マルゲリータ

イタリアが大好き。
マンジャーレ、カンターレ、アモーレ。
食べよ、歌えよ、愛せよ。
その言葉に素直に生きている人たちが好き。
うすくのばすピッツァも軽くておいしいけれど、
ちょっと厚めに焼くと、もちもち感があって気分はナポリ。
ドーンと焼いて、ドーンと食べてしまいましょう！

基本のピッツァ生地

材料（天板2枚分、4人分）

強力粉…1カップ
薄力粉…1.5カップ
塩…小さじ1
イースト…小さじ1
水…180cc
E.V.オリーブオイル…小さじ1
はちみつ…小さじ1

つくり方

1. 材料すべてをボウルに入れ、よく混ぜ、15分ほどこねる。フードプロセッサーがある方は、フードプロセッサーで3分かけてよく混ぜる（ゴロッとした塊になるまで）。

2. ボウルに入れたままラップをして30〜40分寝かせ2等分する。ピッツァ生地なのでパン生地ほどふくらませる必要はない。

その他の材料

ピッツァ用E.V.オリーブオイル…大さじ2
モッツァレーラチーズ…2個（2個のせるとゴージャス）
バジルの葉…適宜（あれば）

ソース

トマト缶…1個
塩…小さじ1/2
お好みでオレガノ…ひとつまみ
E.V.オリーブオイル…大さじ1

つくり方

1. オーブンは250度に温めておく。耐熱器に缶詰のトマト、塩、E.V.オリーブオイル、お好みでオレガノひとつまみ（子ども用には入れない方がよい）を入れて、レンジで10分ほどラップをせずに加熱する。

2. ピッツァ生地を伸ばす。板の上

金木犀の香り

昨晩、涼しい風に送られて、金木犀から花の香りが漂ってきました。脳まで伝わる、あの香りです。

娘たちに「いい匂いがするでしょ。これは金木犀というお花の香りよ」と言うと「見たい見たい」と言われましたが、二人はあまりにも重く、とても木の高さまでだっこする気力がなかったので、小さな花を摘んで、香りをかがせてあげました。

私が生まれて初めてもらった花束も、金木犀でした。中学二年生の時のこと。引っ越してきたのは四月で、いじめもあり、六か月たった一〇月になってもなかなか慣れることは難しい状況でした。そんな時、隣に座っていた男の子と、私が教科書を忘れたことがキッカケで、話をするようになったのです。

不思議なことに、このころ読んでいた教科書のことはよく覚えており、東山魁夷さん

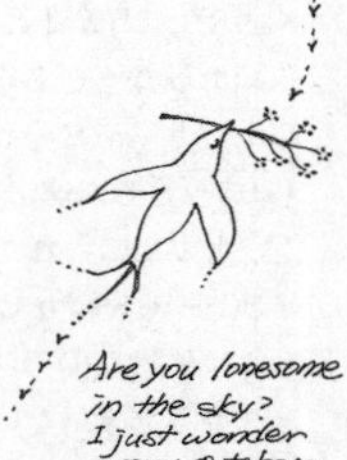
Are you lonesome
in the sky?
I just wonder
every October.

が「道」という絵について語られていた文章には、心から感動したものでした。何の変哲もなさそうな、雑草に覆われた一本道の風景に、深い自然への慈しみと、物事をありのまま受け入れる決意、そして新しい明日への希望がすべて表現されていました。東山さんが戦後苦しみの中でこの絵を描かれたことを、私にとってはいじめからの再生という小さな体験に重ね、道の先に希望があることを感じ取ったのかもしれません。

めがねをかけ、真っ黒で、優しかったその男の子も同じようなところに感動していたような気がします。そして教科書を忘れたときにしかくっつくことのない、距離の縮まったその席で「金木犀の花が好きなんだ」と私が言ったのを覚えていてくれました。幾日か後、新聞紙にくるんで、その子は金木犀の枝を持ってきてくれました。けっこう大きな枝なので、どこから取ってきたのか驚いていたら「俺んちの庭にあるっちゃん」と言っていました。小さな花のどこにそんな力があるのでしょう。窓が多いはずの教室で、その金木犀は一日中香りを放っていました。うれしかったけど、恥ずかしかった。甘酸っぱい香りに満ちた一日でした。

「ゆきまさー！」

初秋の夕暮れ、放課後バスケットの練習をしていた私に、自転車から男の子は声をかけてくれました。体育館の外は坂です。転げ落ちるようなスピードで走るその子に手を振ったのを覚えています。それが、この男の子と会った最後でした。

夜、その子が池に落ちて亡くなってしまったと、先生から連絡がありました。優しい命が無くなってしまった。もう二度とめがねの奥の優しい目を見ることはない。消えてしまった。その時の悲しみは今も忘れることはありません。最後のお別れのとき、お母さんは息子のお茶碗を投げ、パリーンと甲高い音を鳴らして割りました。胸の奥に突き刺さる悲しい音。今も心の奥で響いています。一四歳の時の出来事なのに、すべてを記憶しています。

あれから二〇年以上もたったのに、私は金木犀が香るたびに、その男の子のことを思い出します。きっとその子とたった二人暮らしだったお母さんも思い出していらっしゃるのではないかと思うと、胸がチクッとします。

「うちのかーちゃんも好きなんよ」彼が金木犀をくれるとき、ボソッと言いました。その木は今も、生きているのでしょうか。

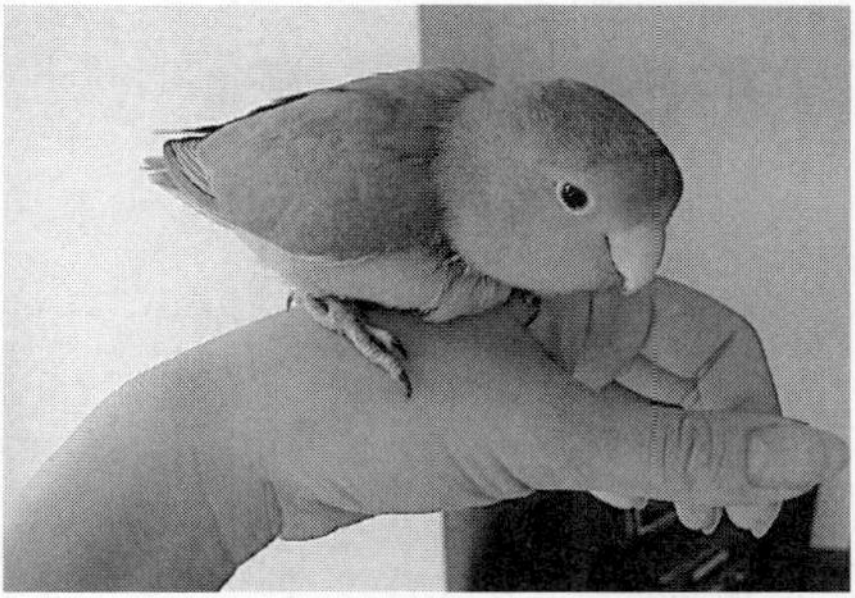

金木犀の香りも好きだけど、
エルメスの香水「ナイルの庭」も好き。
さわやかな、それでいて大人っぽい香り。
すーっと胸の奥までしみわたる。

動物園の思い出

週末に娘たちを連れて、動物園に行ってきました。まだ小さいのであまり楽しめないだろうと思っていましたが、ガラスのすぐ向うにいるゴリラの姿に「ワー」と言ったり、やぎを触ったりと、楽しいひとときを過ごしたようでした。一方私は、暑さと荷物の重さにぐったり。水に浸かるカバになりたい気分です。

動物園といえば、小学生のころを思い出します。学校の近くに福岡市動物園があって、小学生は無料だったので、よく放課後に遊びに行ったのです。仲のよい友達とゲートに向かって歩いていると、どこから聞きつけたのか、妹がついてきています。「千春ちゃん、自分の友達と遊びぃーよ」と言って、まいて逃げようとしましたが、電柱の裏に隠れながら、必死でついてきます。転校を繰り返す私たちにとって、新しい友

We will not steal
your bananas.
Don't worry.

達を作るのは大変です。内気だった妹は、いつも姉の私と遊ぼうと追いかけていたのです。動物園のゲートを通ってしまったらいじわる姉さんも仕方なく、一緒にキリンを見たり、猿を見たり、お猿の電車に乗って遊びました。

ある時、食べている綿菓子をチンパンジーに向かって、「食べるぅ〜？　パンジーも綿菓子食べるぅ〜？」とからかっていたら、オリの中から、飲み水をバシャッとかけられました。かなりびしょびしょになったので鮮明に覚えていますが、その後何度遊びに行っても、オリの前を通るたびに、チンパンジーから水をかけられました。このチンパンジーは記憶力が相当いいのか？と思っていたら、誰にでも水をかけていたそうですが私たちがチンパンジーを見て楽しむ代わりに、チンパンジーも水をかけて、反応する人間を観察していたのかもしれません。

子どものために動物園に行ったのに、なぜかタイムスリップして自分の昔のことを思い出しました。


動物園にてもう一つ思い出したのは、教科書にのっていた『かわいそうなぞう』というお話のことです。太平洋戦争中、東京で空襲が始まり、動物たちに充分なえさを与えることもできないし、空襲でおりが破壊されて街に逃げ出したら大変なので仕方なく動物たちを殺すことになり、悲しみ苦しむ飼育係のストーリーです。象の飼育室の近くには今ひそやかに慰霊碑があり、その上に平和を祈るようにブロンズのふくろうも留まっていました。

いつか、娘たちがわかるようになったら、『かわいそうなぞう』を読んであげて、そしてもう一度、上野動物園に連れて行ってあげようと思います。象の優しい目は、いくつもの苦しみを乗り越えたからなのかもしれないね、と話をしながら。お弁当を持ってのんびりと動物園に行けるなんてやっぱりありありがたいことだなあ、と思う夏の日です。

動物園は子どもが行くところだと思ったりするけど、
大人も楽しい。
カフェに売っている、たこ焼きやソフトクリーム。
懐かしい匂いと味。
小さいころにタイムスリップする。

子育てと仕事

ある時、ホストファミリーのお母さんから、「仕事をしながら子育てをするには、人の力を頼ることも大事。そのために、お金がかかっても、自分の未来の仕事を守りぬくことも大事。仕事はキャリア。キャリアはキャリーし続けなさい（抱きかかえ続けなさい）」と言われました。お母さん自身も「私より、リカの方がお料理上手。だから私の代りに料理をしてみない？」と、大学一年になる私に仕事を与えてくれました。私が料理をしている間、お母さんはいつも小学校の子どもたちの宿題の採点をしていました。そして、ときどき子どもの感想文を聞いてはたてるアーハハハという笑い声はうち全体をハッピーにしていました。自分でなくてよいことも、苦手なことも人に任せる。任せたら、文句を言わない（注意はされたことはあっても、ごはんがまずい、と言われたことは一度もありません）。そうすることで、互いが気持ちよく働くことができます。細かいことを言いすぎればやはり人間、やる気がなくなります。

Mommy is spinning plates.

働きながら子育ては大変。私も実は、二人の子どもが小さいときの記憶がすっ飛んでいます（笑）。でも、なんとか仕事にしがみついていれば子どもは大きくなり、自立し、自分で歯磨きをして、宿題をして、服をたたみ、学校に行き友達とけんかしても修復できるようになりました。

ホストファミリーのお母さんからは「何でもやってみたらいい」と何回も言われました。その時にこの言葉の価値はわかりませんでしたが、今、すごい言葉だと思う。お母さんのことを私は今になってますます尊敬します。

そう。私もがんばってみよう。

そして娘たちにも、がんばってごらん、と伝え続けていきたいな。

ソーセージパイ

recipe

働く女性にやさしいのは、冷凍食品。
私が好きな、日本で手に入るパイシートは
ニュージーランドベラミーズ。
織り込んであるバターの風味が、とてもいい。
少し手を加えるだけで、なんだかごちそう。
一杯のビールといかがでしょう。

材料（8本分）
冷凍パイシート…1枚
ソーセージ…8本

つくり方
1. パイシートは約2～3mmの厚さにのばし、1cm幅に切る。
2. ソーセージのまわりに1の生地をらせん状にぐるぐる巻き、オーブンペーパーを敷いた天板にのせる。
3. 180度のオーブンで10～15分焼いてできあがり。

……………………………………

＊生地がのびないように巻き、巻き終わりは、手で押さえる。

（タルトとパイ）

ママ、がんばって！

娘のかりんが小さなころ、急な発疹が出たことがありました。赤ちゃんにはよくある病気でしたが、いつも機嫌のいいかりんが不機嫌です。

こうなると親というものはとても気になるもので、「私が外で働いているからいじけているのかしら？」「一緒に公園に行ったり遊んだりすることが少ないから怒っているのかしら？」と思ってしまいます。子どもを育てながら働く女性に、多かれ少なかれ、罪悪感というものはつきものです。いつも一緒に過ごせないことを申し訳ないと思いながら、揺れる心で仕事を続けます。

以前、スイスに出張に行く飛行機の中で、小学校三年生と四年生の子どもを持つ、スチュワーデスの方とお話をする機会がありました。

その方が「子どもは、親が一生懸命、楽しく生きていれば、ちゃんと後ろ姿を見て育

つから、心配しなくて大丈夫ですよ。私も一緒にいる時間は少ないけど、子どもたちは元気にすくすく育っていますから、あなたもがんばってくださいね」とはげましてくださいました。すごく勇気をもらいました。そして考えてみれば私や妹もそうだった、よし子の後ろ姿を見ながら育ったんだ、と思いました。

母・よし子はほかの多くのお母さんのように、ピアノのレッスンにもお習字のレッスンにもついてくることはなかったし、学校で忘れ物をしても届けてくれることはありませんでした。人一倍エレクトーンを勉強し、グレード試験に受かり、先生としてがんばっていくことに必死だったからです。

でも私たち姉妹はそんな母を、ずっと応援していました。肩がこったと言えば、何時間でももんであげたし（もんでいる間はテレビが見放題という特典あり）、「私、辞めようかしら？」と言うときは「ママ、やめなくていいよー。がんばりなよー」と励ましていました（辞めてずっと一緒にいられても、自由に遊べなくなります）。

よし子は優しくも厳しい先生だったのか、泣いてしまう子どももいましたが、そういう時は、必ずストーブの上でホイルに包んで温めておいた焼き芋をあげたりしていました。おいしいお芋を食べれば泣いたカラスもすぐ笑顔。私たちまで、なぜかほっとしたものでした。

そしてよし子が教えた生徒さんたちは、ある人は音楽の先生になり、ある人は結婚式に呼んでくれたりしました。

仕事をしていると、必ず「辞めたくなる周期」というのが訪れます。子どもに対する罪悪感から。また、子どもを言い訳にして、逃げたくなったとき。でも、いつか子どもは大きくなって、自分の手元から離れていきます。だから、長い目で見たら、子どもに必要とされる「今」の方が特別。子どもに必要とされないもっと長い人生のために、飛行機で出会ったスチュワーデスさんのように、前を向いて続けていけたらいいな、と思います。もしも私が弱音をはいたら、かりんとさくらが「ママ、がんばって！」と応援してくれたら、うれしいなあ。

とりあえず、続けてみよう。その前に辞めてしまうのは、
もったいない気がする。
やってみたら、できるかもしれないから。
最初から「両立」ではなく、
まずは片足ずつ、順番に立ってみるつもりで。

仕事って何だろう？

最近、「仕事って、私にとって何なのだろう？」と考えます。

今まで私は、「一体自分に合う仕事は何だろう？」と深く悩んだり考えたり、目標を持って突き進んだことが、あまりありません。

多分、父が「仕事はどんな仕事も大変だ。辞めずに続けることはもっと大変だ。だから続けられたら、それだけですごい」と言っていたことや、母・よし子が、「どんな額でもいいから、自分で稼ぎなさい。自分のお金で買いたい本や洋服を買えるのはしあわせなことよ」と言っていたので、「仕事＝好きなこと」ではなく「仕事＝好きなことをするための手段」という、現実的な感覚の中で育ったからだと思います。

今になって、これは良いアドバイスだったな、と思います。一握りの有能な人や、運がいい人は好きなことを仕事にできるのかもしれませんが、多くの人はそれほど幸運ではありません（しかも好きなことを仕事にしたとたん、とても大変です。私にとっても趣

18 years old Parrot, Pee
Everyone hates her,
except me. I Love You.

味である料理が〝仕事〟になったとたん、心のリフレッシュポイントではなくなりました)。

よく、石の上にも三年といいますが、私はスローなタイプなので、何をやるにも、そしてその場に慣れるだけでも五年はかかります。英語だって本当に相手に伝えたいことを伝えられるまでに五年はかかったし、仕事だって、「楽しいこともあるなあ」と思えるまでに五年はかかりました。

でも五年同じ場所で、同じことを繰り返していたら、それなりにまわりに理解してくれる人ができ、それなりに合う仕事をいただくこともでき、同僚や先輩や後輩、友人もできます。

職場の人間関係がうまくいかないからと、また、自分の能力がないからと、会社を辞めようと思ったことは何度もあります。でも、そんな時は悩みを聞いてくれる人もいれば、セクションを変わってみたら?とアドバイスをしてくれる人もいました。

いいこともあれば、そうでないこともある。仕事なんてそんなもの、と最初から期待値を低くしておけば、何かにぶち当たっても辞めずに進むことができるのかもしれません。

〝青い鳥〟はどこかにいるのではなく、きっと自分の心の中にいるような気がします。

それは想像していたほどキレイな鳥ではないかもしれない。でも、長い間一緒にいれば、それなりにいいところも見えてきます。ちょっとハゲちゃって、片目しか見えない、うちのインコのピーちゃんのように……。

好きだったアルバイト…
パン屋で焼きたてのパンを袋詰めすること。
柏もちや桜もちの葉っぱを洗うこと。
そうじのアルバイト。
巻きずしを作るアルバイト。
明らかに「終わった」感があるもの。

ストロベリーショートケーキ

昔書いたお菓子本、『そうだ。お菓子を作ろう！』を見ていたら次女さくらが割り込んできて「ストロベリーショートケーキを焼こうよ」ということになりました。

いろんなケーキ台を実験しましたが、三〇台めくらいに、やっと満足できたのが、本に載せた配合です。ポイントは冷やした卵白とグラニュー糖をミキサーで一三分泡立てること。小麦粉以下はちゃんと混ぜておくこと。あとはそれを卵白に混ぜ込んで一五〇度で五〇分焼くという手法です。変わった配合なので、「まずいのでは」と心配されますが化学の実験なみに、いろいろ調整してみた結果です。お菓子作りは、本当に化学の実験と同じで、条件を一つかえると、すべての状態が変わります。というわけで、毎晩二台ほど作ってみて最後に行きついたのは、シフォンケーキとスポンジケーキを組み合わせたような配合で、きめが細かくしっとりしていて、私が大好きなオークラのスポン

ジケーキのようなスポンジなのです（笑）。

人から「それはふつうじゃない。それは絶対に失敗するよ」と言われても、「ほんとうに、そうかな？」と、その道を歩いてみて「ああ、本当にそうだったな」と納得するほうが好きです。頭の悪いやり方だな、と自分でも可笑しくなりますが、でももしかしたら「行き止まりです」と言われた道の先に茨に隠れた、すばらしいカントリーロードがあるかもしれないと、いつも思うのです。

だから、子どもたちにも「それは無理」とは言わないようにしようと思います。「やりたい」と言われたら、やってごらん、みてごらん。やってみてだめなことが分かって、よかったね、さぁ、次の道を探してみよう！と声をかけたいな、たくさんのトライ＆エラーをして、one and onlyの道を見つけてほしいな、と思います。

朝、こっそり早起きして、コーヒーを入れて、残ったケーキを食べてしまいました。すまん。かりん、さくら。おいしいものは、隠れて食べるとなお、おいしい。

いちごのショートケーキ

recipe

何度も作って失敗して、
やっとここまで方程式ができました、という感じ。
一つの条件を変えたら、すべてが変わる。
その化学の不思議を、このケーキのレシピ作りで学んだ。

準備
型にバターをぬり、薄力粉をはたいておく（どちらも分量外）。

材料（直径20〜21cmの丸型１台分）

シフォン風スポンジ生地
- 薄力粉…3/4カップ
- ベーキングパウダー…大さじ1/2
- ＊薄力粉とベーキングパウダーは一緒にふるっておく。
- 卵白…４個分
- グラニュー糖…1/2カップ
- 卵黄…３個分
- 植物油…大さじ３
- 牛乳…大さじ５

シロップ
- 水…1/4カップ
- グラニュー糖…大さじ１
- バニラエッセンス…少々

飾り用
- 生クリーム…１パック（200ml。たっぷりが好みの方は１ 1/2パック）
- グラニュー糖…大さじ１
- いちご…１パック
- 粉砂糖…少々
- あればミントの葉…適量

つくり方

1. オーブンを150℃に温める。
2. シフォン風スポンジ生地を作る。卵を卵白と卵黄に分け、大きなボウルに卵白を集め、冷蔵庫でボウルごと冷やしておく（ここがポイント！）。
3. 中のボールに卵黄を入れ、泡立て器ですり混ぜる。
4. ３の卵黄に植物油を加えて混ぜ、次に牛乳を加えて混ぜる。
5. ４にふるった薄力粉とベーキングパウダーを入れ、きちんと混ぜ合わせる。
6. 卵白を泡立てる。グラニュー糖の1/4量は泡立てる前から入れておく。ハンドミキサーでタイマーを13分にセット。グラニュー糖の残りを３回に分けて入れながら、気長に泡立てる。13分ぐらいで突如、びっくりするほどかたくなる！　このすごーいかたさがふわふわスポンジのポイント。

7. 4のボールに6の卵白を1/3量ほど入れ、泡立て器できちんと混ぜる。さらに1/3量を入れ、さくっと混ぜる。

8. 今度はゴムべらに持ち替え、6の卵白に7のボウルの中身を入れ、底からすくうようにさくっと混ぜる（こうすることにより薄力粉の混ざり方が均一になる）。

9. 生地を型に入れ、ゴムべらで表面を均一にしたら、トントントンと10回ほど底を台に打ちつけて空気を抜き、150℃に温めておいたオーブンで50～55分焼く。焼き上がったら冷ましてから（冷ます間に型をひっくり返しておくと、へこむ割合が少ない）型にナイフを差し込み、型から抜く。乾燥しないように、抜いた型かラップフィルムを上からかぶせて保湿しておく。

10. シロップを作る。分量の水とグラニュー糖を耐熱容器に入れ、電子レンジで加熱する。もちろん鍋でもいい。

11. スポンジケーキが冷めたら膨れ上がった部分を切り落とし、横に半分に切り、全体にシロップをぬる。全部ぬる必要はなく、表面がしっとりする感じまで。

デコレーション

1. いちごのへたを取り、縦に3等分に切る。甘さが足りないようなら、砂糖（分量外）をまぶしてしばらくおく。

2. 冷蔵庫で冷やしておいた生クリームをボールに入れてグラニュー糖を加え、ふわっと七分に泡立てる（あまり泡立てすぎるとかたくなって、ふわふわ感がなくなるので注意）。

3. 下段のスポンジケーキの表面全体に生クリームをぬっていちご適量をのせ、上段のスポンジケーキにも生クリームをぬり、上下を重ねて仕上げの生クリームをぬり、残りのいちごをのせる。テーブルに運ぶときに全体に粉砂糖をふり、あればミントの葉を飾る。

（そうだ。お菓子を作ろう！）

たくさんの思い出

思えば不思議な縁で、東京の会社に勤めることになりました。アメリカの大学を卒業して帰国直後、経験としてひとつ東京で就職活動をしてみようか、と思い、「パパ、どっかいい会社ないかな?」

福岡の父に電話をかけたとき、彼はちょうど「週刊現代」か何かを読んでいたようで、たまたま開いていたページを見ながら言いました。

「お、電機の電に通ると書いて、デンツーってとこがいいって書いてあるぞ」

そうして私はそのまま一〇四に電話をかけ、「電機の電に通る」という会社の電話番号を調べて、会社訪問をしたのでした。

どんな会社ということも知らず、ずっと続けるという計画もなく、何かの縁で就職した会社。「書くのも考えるのも嫌いです。漢字も四字熟語も忘れました」と正直に言ったら「おっかしな奴だな、アハハハ！」と、クリエーティブ局に配属されてしまいました。

入社後は自分の何十倍も個性的な上司たちに出会いました。当時銀座にあった、「ロオジエ」という高級バーで「なぜ、お前は言葉を大事にしない！」とお店中響き渡る声で怒鳴り続ける人もいれば、満員の地下鉄の中で「君はこんなものしかできないの？」と企画コンテをたたいて怒り震える人もいました。私の先輩がはす向いの席で、寝たふりをしていたことは忘れません（私が先輩の立場ならまちがいなく、私も同じことをするでしょう）。振り返ると、そこまで真剣に私を怒ってくれたのは母くらいでした。母も私を強くしてくれましたが、怒ってくれた上司も、私を強くしてくれました。

東南アジアの仕事が増え、行ったり来たりの日々が続いたこともありました。一人で出張することもあり、再び外国に行く喜びと寂しさを味わい、また同時に、欧米にしか目が向いていなかった私を、自分の住むアジアに開かせてくれました。この人たちとは、やはりどこか通じるものがある。それは大きな発見でした。

不思議なことに、大変であったはずのことも、全部括弧《かっこ》にくくり、プラスで掛け算をすると、プラスの思い出にしかなりません。そうしてでき上がったプラスの思い出と、その思い出を作ってくれた人たちの本当の価値は、手放してはじめて、わかりはじめた気がします。

会社での思い出は、つきません。朝まで一緒に飲んで、築地におすしを食べに行ったこと。同じゴールに向かっているとき、そのエネルギーは一つであったこと。勝つことだけを目指した試合（競合）に負け、力が抜けきった後、飲んだビールは、胃袋にしみたこと。暑い夜、熱いコピー機の前で、裸足姿の互いを笑ったこと。怒られているとき、かばってくれる先輩の言葉に、目から水があふれそうになったこと。後輩を怒鳴っている上司に、おなかがすいているのかな、とせんべいを差し入れたら、後輩がもっと怒られてしまったこと。深夜誰かのデスクから響き渡ったマイルス・デイヴィスに感動したこと。おじいちゃんが亡くなったとき、お香典をくれた人たちがいたこと。先輩に結婚の報告に行ったら、「離婚は大変だぞ。やめとけ」と言われたこと。上司が花見のスポット取りに行ってくれたこと。ビリヤードの美しさを教えてくれた人のいたこと。誰かが作っている作品に、鳥肌が立つ瞬間があったこと。たった三〇秒の作品を見て、おなかの底から笑えたこと。誰に何を言われても、あきらめずに何度も挑戦する人たちの姿に、感動を覚えたこと。仕事でなければ一生行けない場所に行けたこと。出会えなかった人に出会えたこと。日本は恵まれていると、心から感じたこと。失敗したとき、優しい人のいたこと。「違っていたことがわかればいい」と言ってもらったこと。ワールドカップの仕事でベッカムを見たとき、「オーラってこういうことか」とわかったこと。大変な仕事ほど記憶に残っていること。最初は合わないと思った人も、長くつきあえばいいところが見えたこと。仕事でスタイルがあるな、と感じた人は、お礼の仕方にもスタイルがあったこと。

それから、いつも「応援しているから」と言ってくれる同期に巡り会えたこと。先輩にも同期にもすごい人がいっぱいいたけど、後輩にも魅力的ですてきな人が、たくさんいたこと。何人かの人たちは、ふっとこの世から消えてしまったこと。でも、心の奥で、ずっと生き続けていること。時々、その人たちと話をするということ。いちばん楽しかったお給料の使い方は、どんなモノを買うことよりも、誰かと飲むお酒であったこと。デザインのこと、音楽のこと、お酒のこと、食事のこと、生き方、そんなすべてのこと、教えてくれる人がたくさんいたこと。あの時、あの一瞬がなかったら、今の自分はないということ。

新しい世界に持っていくモノは何もありません。でも、心の引出しにしまい込んだ、たくさんの思い出と、教えてもらった大切なコトだけは、忘れずに持っていこうと思います。So....What's Next?

応援してくれる人がいる。
そう思うだけで、心があたたかくなる。
そんな人がいるから、
明日はやってみよう、という気分になる。
支えてくれる人たちに、感謝。そして私も、支えたい。

ロケットの土台

先日、娘たちの運動会がありました。「いやあー楽しいね！ かーちゃん、写真もパチパチとっちゃうよー」とファインダーからのぞくのですが、なにやら曇ってしまいます。自分の子どもたちを見ていてもそうですが、一生懸命走っている子や、なかなか走れない子を、さっと抱えて走る先生、もう転勤されたのに、以前教えた生徒たちを懐かしい表情で見に来てくださっている先生を見ていても、目から水が出てくるのです。

本当に娘たちは、いい仲間や先生たちに囲まれてしあわせだなあ、と思います。これからの人生、さまざまな出会いがあるだろうけど、今の時期、こんな人たちに囲まれて成長できることは、この上なくすばらしいことです。

「四歳までがんばれ。四歳いっぱいまではロケット台を作るのと同じだからさ。そこまでがんばれば、ヒューッとロケットは飛んでいける」そう教えてくれた上司がいました。

MIRAI
Try to reach for the stars! Au revoir!

実は記憶から消去されてしまう0歳児からの五年間が大事だと、彼はいうのです。
確かに子どもはどこに連れていってあげても、どれだけ抱きしめても、何を作ってあげても、何を教えても、四歳までのことはほとんど覚えていません。でも不思議なことに、この覚えていない時期に、人としての土台ができると彼はいうのです。

そういえば「三つ子の魂百までも」というのも同じような意味だけど、「ロケットの土台」と言われると、がぜん、目の前にイメージが広がります。まわりにいる大人が作る土台は五段です。いちばん下を0歳児のときに作り、次を一歳児で、その次を二歳児で……そして四歳でいちばん上の段を作ってあげます。
するともう今度は、打上げ準備開始の時期になるのです。ここから先は「いじめ」という風が吹くかもしれないし、「難しい勉強」という雨も降るかもしれないけど、土台にいる大人は、少し離れて見守ることも大切になります。

子どもたちのロケットの土台を一生懸命作っているのは、親だけでなく、たまたま何かの縁で巡り会った先生方であったりもします。先生たちは、そばで土台作りを見ている子どもが寂しそうにしていると、時にぎゅっと、そしてじっと抱きしめてくれたりするし、ケンカを始める子どもたちをしかったりしてくれます。そうしてトントンカンカン、私たち親も見ていないところで、一人一人に合う土台を、作ってくれている感じがします。

いつか娘たちが大きくなって、四歳までのことは記憶から消去されても、私はアルバムの中の、〃ロケットの土台を作ってくれた大人たち〃の写真を見せてあげようと思います。

そして、「この先生はね、さくらちゃんのことを本当にかわいがってくれたのよ」「この先生はね、きちんとかりんちゃんをしかってくれたのよ」「この先生はね、かりんちゃんの絵が大好きって言ってくれたのよ」そうやって人差し指で写真を追いながら、いろんなお話をしてあげようと思います。ロケット台の後ろに、たくさんの名前が刻まれていることを見たら、二人ともきっと「よーし、がんばって飛ぼう！」と思うにちがいありません。長女かりん。間もなくロケット台から発射です。3、2、1、0、発射！「まっすぐ飛ぶんだよー！」私たち大人は、見えなくなるまで、ずっと応援するからね！

「アポロ13」大好きな映画。
たった三人の宇宙飛行士を無事帰還させるため、
たくさんの人が協力し合う。
エド・ハリスの名演技、忘れない。
親や先生は、飛行士たちを宇宙に送り込む管制官か。

英語

私は一八歳まで、九州人。それまでに外国人と話をしたのは（というか声をかけただけ）モルモン教の教会伝道師のお兄さん二人と高校二年生のときにインディアナから留学してきた女の子、合計三人だけ。飛行機も、東京に行くときに何回か乗っただけ、という状態でした。英語の上達にはいろんな方式があるように言われますが、私にとってはひとつだけ。それは耳で聴いたことを真似して、まちがっていても、声に出して使ってみる、ということです。単語のつづりとか、そういうことは気にしない。映画を見ていても、なんだこの音は？と思ったらもう一度日本語訳をみて、へー、そういう意味ね、と覚えます。これ、まったく小さな子どもと覚え方は同じかと思います（成長しとりませんな）。

文法とかつづりを、子どもは最初には覚えません。まずは音から覚える。だから次女

Onion... but aniyan.
that's how it
pronounced.

さくら五歳は、ときどきおもしろい言葉をつかいます。洋服が「なかなか小さい」、ごはんが「そうだいでおいしい」。多分ニュースとかで、壮大な計画、とか言っていて、大きくおいしい、と表現したかったのだと思いますが、その単語を使ってみよう、という心意気がすごいな、と感心します。

あるとき、さくらが私に向かって「アバズレママ〜、アイスクリームちょうだい」と言います。「それは違う。アバズレはよい言葉ではないのだ」、と教えてあげなくてはいけませんでした。「クレヨンしんちゃん」で、「アバズレ女」という台詞のシーンに、しんちゃんの母親のみさえが映っていたのでしょう。とにかくたくさん間違えて、人に正してもらってうまくなっていくしかない、というのが言語のような気がします。発音でも同じです。オニオンではなくアニヤン、オリーブオイルではなく アリブアィォ。さくらのように、よーく聴いて周りを観察しながら、「今だ!! 今使える」とその瞬間に使っていくチャンスを待つことが大切であったりします。

難しいことは音読する。これはレシピでも同じです。というわけで、わけもわからなくよく音読して、うるさがられている私でございました。

ワッフル

recipe

ホストファミリーを訪ねると、今もお母さんが
娘のかりんやさくらに食べさせてあげたいと、
作ってくれる。
そうして子どもたちもアメリカンワッフルに出会い、
週末の小さな贅沢を学んでいく。

材料（8枚分）

生地

- 小麦粉…１1/2カップ
- 卵…２個（卵白のみを軽く泡立ててもよい）
- 砂糖…大さじ３
- ベーキングパウダー…大さじ１
- 牛乳…１カップ
- 溶かしバター（または植物油）…大さじ２
- 塩…小さじ1/3
- バニラエッセンス…少し

トッピング

- メープルシロップ、イチゴ（スライスする）、生クリーム（ホイップする）、ミントの葉…各適量

つくり方

1. ボウルに生地の材料をすべて入れてかき混ぜる（卵白を軽く泡立てると仕上がりがサクッとする。そのときは卵白は最後に入れる）。

2. ワッフルメーカーを強火で温め、火から外し、濡れぶきんにのせて粗熱を取り、温度を均一にする。

3. ２を再び弱火にかけ、１の生地を入れてフタをして２分焼く。

4. 裏返したら中火にして10秒、さらに弱火にして２分20秒くらい焼く。

5. 器に盛り、好みのトッピングをのせて食べる。

＊生地の配合は試行錯誤の末の自信作。混ぜて焼くだけで、サクサクのワッフルができるんです。

（行正り香の朝ごはんメニュー）

スタンバイ

よく、子どもがいて仕事をするのは大変ではないですか?と、聞かれます。やっぱり、大変です(笑)。何が大変というと、急に熱が出たり保育園から「体調悪いからはやめにお迎えお願いします」と連絡があったときの対応です。私はトリプルスタンバイ、クワトロ(四という意味です)スタンバイしています。そんな緊急のときにお世話になれる友達やプロを、最初から三重にも四重にも準備しておく、ということです。

ひとつ、仕事をしていてよかったなと思えることは、物事は思い通りにはいかない、ということを学んだことです。コマーシャル撮影をするときも、前日までは青空ひろがるよい天気だったのに次の日吹雪になることもあります。カナダで仕事をしていたときは一五年ぶりくらいの大雪になり撮影するはずの車が、固まった氷で動かなくなったりしたこともありました。そんなときに、パニック状態になる人もいたりしますが、大体の場合、危機が大きければ大きいほど、みんな冷静になります。特に男性は冷静で(広

I wanna be with you
whenever you
need me.

告は海外でも撮影現場はやはり男性が多い）セカンドチョイス、サードチョイスと次の選択を考え始めます。「もう二日間、天気がよくなるまで待ったときかかる値段」と「多少企画を変えても、撮影現場を変える」という選択といろんなことをシミュレーションしだします。そして、みんなが協力しあって、工夫しあって仕上げたものはいいものになる可能性が高いです。

子どもができた瞬間に、保育園のことをかんがえたり（子どもが生まれてから準備しようと思っても、一歩も外にでられない日が続いたりします）、保育園に入れないときのために、次の選択を準備したり、病気になる前に病児保育をしてくれる病院に見学に行ったり、全部前倒しでやっていくと、頭のなかで「こうなったら、こうしよう」というイメージが出来上がります。病気になってから対応していたのでは、やはり自分がパニック状態になってしまうのです。多少お金の無駄をしても、事前準備のためにお金をかけることや、キッズケアのプロのところに入会手続きと面談だけでもすませておくことはとても大事な気がします。急に電話一本で来てくれるところは、なかなかないからです。

実は料理も似ています。出来上がりを想像して、時間を逆算して作っていきます。一番時間がかかることを最初に。直前がおいしいものは直前に。一瞬、目をつぶって「こうなったら、こうなる」というイメージを作ってから作業にとりかかると、ステップよく料理していけるような気がします。

最悪の事態をイメージして事前準備をしておく。これが実は、子どもが大きくなるまでとても大事なことかなー、という気がします。そして実は、その最後の最後は、自分という存在が、たとえ消えてしまっても、子どもたちが強く楽しく生きていけるようなたくましさを持つ人間に、育てる努力をすることなのかもしれません。

忙しいと、スーパーに行けないときもある。
そんなときは、冷凍庫から余り物のひき肉を出して
常備している玉ねぎといっしょにひき肉オムレツなんかを作る。
制作費も安いし、労力もかからないんだけど、
とてもおいしい。ほっとする味なのかな。
自分がほっとすると、みんなもほっとして、家に
ほっとした時間が流れる。
さ、また明日から、戦いよ。

ひき肉オムレツ

recipe

材料（2人分）
豚ひき肉…150g
玉ねぎ…小1個（みじん切りで約1カップ分）
植物油…小さじ3（ひき肉用に小さじ1、1人分ずつオムレツを作るのに小さじ1ずつ）
＊ほかのオムレツはバターのほうがおいしいけれど、これはひき肉のうまみがあるから、植物油のほうがおいしいですよ。
ひき肉と玉ねぎ用の塩…小さじ1/2
こしょう…少々
卵…4個（M玉のときは1人2個、Lのときは1個半）
砂糖…大さじ2（卵2個に対して大さじ1ずつ）
卵用の塩…小さじ1/4（4つまみ）
キャベツ…2枚（せん切り）
きゅうり…1/2本（斜め薄切り）

つくり方
1. 玉ねぎをみじん切りにする。
2. ひき肉にこしょうをしておく。
3. フライパンに小さじ1の油をひき、先にひき肉を炒め、半分火が通ったところに玉ねぎを加えて炒める。塩を小さじ1/2ほど入れてよく炒めたらボウルにとっておく。フライパンを洗う。
4. ボウルに1人分の卵2個を割り入れ、大さじ1の砂糖と塩ふたつまみを加え、3のひき肉の半分を入れて、ざっくり混ぜる。
5. フッ素樹脂加工のフライパンに植物油小さじ1をひき、よく熱したところへジュッという感じで4を流し入れ、さじの裏などでざざっと思い切りかき混ぜる。そこで火を弱くし、卵が固まってきたら巻いてでき上がり。ひき肉が入っているのでなかなかきれいにまとまらないが、そこはしかたがない。見た目より味で勝負。
6. フライパンを返しながらオムレツを盛りつける。ペーパータオルでくるんで形を整えると少しきれいになる。そこにキャベツやきゅうりを添えるといい。好みでソースやケチャップをかけていただく。

＊オムレツのポイントは、めんどうでも1人分ずつフライパンで作ること。あまり強すぎる火ではなく、中火の強火。

（おうちに帰って、ごはんにしよう。）

就職活動

知人の娘さんが就職活動をされていて、お話をする機会がありました。とてもすくすく、元気に育ったお嬢様。高校生のときも、一度お会いしたけど、もっともっとすてきになっていた。未来をつかむだろうな、という予感がしてうれしい気分です。

会社員時代に就職面談を担当したこともあり（学生さんも大変ですが、話をきくこちらも実はとても体力がいって、ものすごーくおなかがすきます、笑）そのときに気がついたことがありました。たくさんの人が、みんな正しい答えを用意してくる。英語も運動もできて、サークル活動もすごいらしい。でも私の心に残ってそして他の仕事仲間の心にも残った人のは「何かが好き」とか「好きなことはまだ見つからないけど、これはできます！」という人が多かった。就職活動にどんな答えが正しいとか、間違っているということは、ありません。でも一つだけ感じたのは、教育されている間、子どもたちや学生は、「何でもできる人間」になることを求められるのに、いざ、就職、となると、「何

か一つできる」を持っているほうが、人と違う、フックがあるということになるということです。

一〇代の大切な時期に「一つでいい、人にひっかかるフックを作れ」と言ってくれる大人に出会うことは、なかなかありません。だからといって私は、全部できることを娘には望まないようにしたいと思います。極端な才能があれば別ですが、そうでなければ好きなことを見つけて、得意なことを探してほしい。好きなことと得意なことは、必ずしも同じものではありません。でも仕事につながる何かを見つけるにはキッカケになる何かが大事なのです。就職活動は大変だろうけど、学生さんたちにはがんばってほしいなー。そして一つ、I can do this! と言えるものがあったら、それはすばらしい。映画「バーレスク」のクリスティーナ・アギレラのように。

ごぼうグリーンカレー

recipe

映画「バーレスク」に出てくる女性の、ま〜あ、きれいなこと。
鍛えられたカラダというのは、こんなに美しいものか。
筋肉から鍛えることはできないけれど、
腸を整えることなら私にもできる。
というわけで、腸を整えるカレー、ぜひ作ってみてください。

材料（2〜3人分）

ごぼう…1/2本
春菊またはほうれん草…1/4束
にんにく…１かけ（うす切り）
ココナツミルク…１カップ
水…1/2カップ
植物油…小さじ１
カレー粉…大さじ１
ガラムマサラ…大さじ１
豆板醬…小さじ１
塩…小さじ1/2
砂糖…大さじ1.5
コンソメの素…1/2個
ごはん…適宜
あればアーモンド…適宜

つくり方

1. ごぼうは皮をこそぎ、ピーラーでうす切りにして、水にさらしてあくを取る。春菊またはほうれん草は洗ってからラップにくるみ、電子レンジで２分ほど加熱してざく切りにしておく。

2. ミキサーにごぼう、春菊またはほうれん草、にんにく、水、ココナツミルクを入れてかくはんしておく。

3. フライパンに植物油を入れカレー粉、ガラムマサラ、豆板醬を加えて中火でさっと熱する。２のごぼうミックスを入れたら塩、砂糖、コンソメの素を加え、中火で５〜６分温めたら出来上がり。ごはんにかけていただく。食物繊維が豊富なアーモンドを砕いたものも、ごいっしょに。

（カラダがきれいになる60のレシピ）

「恋とスフレと娘とわたし」

Sufflé with Tea....
makes everyone
happy.

昨晩、子どもたちが寝たので、ダイアン・キートン主演の「恋とスフレと娘とわたし」を借りてきて観ることにしました。三人娘と、そして母であるダイアンのお話です。欧米と日本で一番違うな~と感じるのは親子の関係です。儒教などの影響もあるのかと思いますが、たとえばアメリカ人の親子関係は、日本と違ってとてもオープン。親子にもいろいろあるけれど、私が知り合った人たちには友達のような親子がとても多く、恋のことも、勉強のことも、友達の悪口も、たくさんのことをわかち合っていて、離婚後、自分の恋愛相談を娘や息子にする親もたくさんいました。一八歳過ぎたら、互いに大人。離婚もあれば、年を重ねて恋人ができることもある。日本だったらすべてを隠すか、過去は全部否定するかもしれないけれど、そうでないとらえ方も、あります。もうひとつ大好きなウディ・アレン監督・出演の「世界中がアイ・ラヴ・ユー」も年を重ねた同士が、現在と過去を両立させるとても楽しい映画です。

そういえば、アメリカに住んでいるとき、ホストファミリーのお母さんは、息子たちがガールフレンドを連れてきても毎回「あーら、息子が女の子を連れてきたのははじめて！」という態度で、ガールフレンドたちに接していました。今も四人の息子たちと距離を置いたいい関係。多分、息子たちにまったく頼らない、自立した彼女の生き方が、この関係を創り上げているのだろうと思います。昨年久しぶりに彼女に会ったとき、「私もかりんやさくらが、ボーイフレンドを連れてきたら、会えてうれしいわー！といつでも言える親になりたい」と言ったら、笑いながらway to go（そうね。そのとおりに。）と言われました。もうひとつ、彼女が言ってくれたのは、Education cannot be redone、教育はやりなおしが利かない。周りに惑わされずリカが正しいと思う本能で育ててね、と教えてくれました。子どもを四人育てながら、小学校の先生を定年まで続けた人の深い言葉です。

チョコレートティラミス

recipe

次女のさくらに「ママ、黒いお豆腐をまた作って」とお願いされるものの、何のことか分からない。うーん、と悩んでいると、名通訳かりんが「ママ、ティラミスだよ」と。そっかそっか〜。確かにふわふわした豆腐のようですなー。

材料（4人分）

台生地

市販のスポンジ（小）…1/2個分
エスプレッソまたは濃いめのコーヒー…1/2カップ分
アマレットやグラッパ…大さじ2（あれば）
市販の板チョコ…1枚（60g弱）
水…大さじ3

フィリング

卵白…2個
グラニュー糖…大さじ2（台生地にチョコレートなしの方は大さじ4）
卵黄…2個
マスカルポーネチーズ…250g（1個分。冷蔵庫から出しておく）

耐熱の器（7cm×10cm）
ココア…大さじ3ほど

つくり方

1. 台生地を作る。耐熱の器にスポンジをしく。その上にエスプレッソまたはコーヒーをかけ、お好みでグラッパをかけると風味がよい。

2. マグカップなどの耐熱容器にチョコレートと水を入れ、レンジで1分20秒加熱してチョコレートを溶かす。スプーンでクルクル回すとチョコレートソースになる。1のスポンジの上にチョコレートをかける。

3. フィリングを作る。ボウルに卵白2個とグラニュー糖を入れ、電動泡だて器で卵白がピンと立つまで泡だてる。電動で8分が目安（手動でもよいが、そのときは一生懸命がんばってください！）。次に別のボウルに卵黄2個を入れ、室温に戻したマスカルポーネチーズを入れ、ゴムべらで卵黄とすり合わせる。

4. 3の卵白を少しずつ、卵黄とマスカルポーネのミックスに入れて混ぜる。3回に分けて行う。ラップをして冷蔵庫で2時間は冷やす（夏は3時間が目安）。最後にココアをふりかけて出来上がり。

（旅で出会ったイタリアン）

小さなお別れ

仕事が終わったら、東京は夜でした。三月末の夜空に桜は肩と肩を寄せ合って、震えるようにその花びらを揺らしています。「せっかく咲いたのに、寒くてかわいそうにねぇ」そんなことをつぶやく、おばあさんの傍を通り過ぎながら、ぁ、今日は年度末だったんだ、と気が付きました。そう、今日で、お別れの保育園の先生方もいらしたのです。長女かりんと次女さくらは、それぞれ生まれて一年もたたぬうちに保育園にお世話になっているので、保育園はある意味、「マイホーム」です。安心して預かっていただけるというのを飛び越えて、たくさんの愛情を注いでもらっているなぁ、と実感することがたくさんあります。「かりんちゃんは絵が上手。私はかりんちゃんが描く絵が大好きよ」「さくらちゃんとお別れして、さみしいよー」「かりんちゃん、本当にやさしいお姉さんです」。時々会うと、そう伝えてくださる先生方の言葉に、胸が詰まるときがあります。そして、ケンカをする子どもたちをしかってくださったり、「おかあさん、遅刻

しないでください」と何度も注意勧告？してくださったりします。ある意味、子どもだけでなく、大人も育ててもらっているなぁ、とも思います。それも本当に根気よく。

昨晩、ふとんの中で「かりんの大好きな先生たちが、いなくなっちゃう」長女が泣いています。「泣かないでよー。ママも泣いちゃうよー」私がかりんの背中をポンポンたたくと、今度はさくらが私の背中をポンポンたたきます。本当に、きちんとお礼が言えなくて、残念だったなぁ。いつかどこかで、また会えるかなぁ。ポンポン、ポンポン、たたく背中の音が、なんだか寂しくて、あーあ、いっしょにお酒でも飲みながらお話ができたら、どんなにか楽しかったかなぁ、と心残りな気分です。すすり泣きしながら眠りにおちていく長女を見ながら、いつか大きくなったら、どんなに素敵な大人が彼女たちのまわりにいたか、写真を見せながら、話をしてあげようと思います。

新年度。突然の別れのあと、また新しい出会いがあります。学年がひとつ上になり、学校が変わり、引っ越しがあり、仕事が始まる人も転勤の人もいる。どんなときも最初はやっぱり大変。変化に慣れるまで、つらいこともたくさん、あるはず。

でも今日は、蒼い空に桜が満開です。桜がふわふわ風に揺れながら、みんなに「がんばれー、がんばれー」と伝えています。すてきなエールを毎年ありがとう。

ケチャップごはん

recipe

保育園の遠足などでお弁当を作らなくてはいけないのに、
すっかり忘れて、「ざ、材料がない！！」ってときがありました。
はい、それも、何度もです。
そんなときに使いまわしていたレシピがこちら。
ソーセージが入っていないときも、ありましたねー。
それでも子どもは、ケチャップごはんが好きみたい。
だらしがないかーちゃんの名レシピ、ぜひ、お試しあれ。

材料（2人分）
ソーセージ…4本
ねぎ（白い部分）…1/2本
ニンニク（お好み）…少々
卵…2個
トマトケチャップ…大さじ4
味付塩こしょう…10ふり
黒こしょう…たっぷり
バター…大さじ2
ご飯…400gほど

つくり方

1. ソーセージは薄く輪切りに、ねぎと、ニンニクはみじん切りに。
2. 小さめのフライパンで目玉焼きを作る。フライパンを中火に熱し、油（分量外）をほんの少し入れて、卵を割り入れ、弱火で6〜7分ほどじっくり焼く。
3. ご飯はレンジで温めておく。フライパンを中火で熱してバターを入れ、1を加えて1分ほど炒めたら、ご飯を入れてからめる。トマトケチャップと味付塩こしょうを加えてかき混ぜる。器によそい、目玉焼きをのせ、黒こしょうをふって完成。

（自分定食）

一家に一人〝よし子さん〟

私の母・よし子は、私たちが何十年一緒にいても飽きません。ほかの方から見ても、さぞかしおもしろかろうと思います。母・よし子のおもしろさはなんといっても、その予想外の発言にあります。

例えば、娘を連れて福岡に遊びに行こうかなあ、と妹に電話をすると「り香ちゃん、ママがね、『うちは白ぶたちゃん（孫）お断り』って言ってたよ。一二月にダンスの発表会があるからだって。重いかりんちゃんをだっこしたら腰にくるんだって」と言います。確かにかりんは重いです。七か月めで九キロに到達。パーセンタイル曲線という身長と体重の標準分布グラフではトップを走り続けています。

もちろんよし子は「ジョークよ、ジョーク」と言いますが、「孫の顔を見せに帰ってきて」と求めてくる普通の両親に比べると、やっぱりちょっと違います。娘としてはこちらのほうが気が楽です。

I'm just kidding... she said.
You help us a lot.

母・よし子は、妹の息子が重い障害を持っていると病院から伝えられた夜も、予想外のコメントをしていました。暗い顔をしている妹に向かって、突然「千春ちゃん、り香ちゃんと一緒にサーカスに行ってきたらいいわよ」と言うのです。サーカス？　サーカス？　なんでサーカスなの？　息子の将来に不安を持っていた妹も、突拍子もない「サーカス発言」で発想の切替えを強いられました。

「だって暗くなってたってしょうがないでしょ。サーカスはおもしろいのよ」と言います。

「よしちゃん、サーカスって今は、どこでもいつでもやっているものではないんだよ」言われた私たちも途方に暮れます。そもそもよし子はサーカスが好きなのです。最高のエンターテイメントだと思っているようで、昨日も「り香ちゃん、キダムってサーカス知ってる？　福岡に来てるから、ママ見に行ったんだけどね、すばらしいわよ。楽しかったわ」と電話をかけてきます。

たとえ「白ぶたちゃん帰福お断り」でも、「サーカスを見に福岡に帰る価値はあるわ」と言うのがよし子なのです。そこまで言われるならサーカスを見に行ってみようか、という気になります。

母・よし子のまわりにいると、どうもみんなしあわせになるようです。世間一般のモノサシで世界を見ていないところ、物事の価値は自分が決めるという明快なスタンスがいいのかもしれません。一家に一人、よし子のような人がいるとみんなの人生も気楽です。そして笑いも絶えません。

おもしろいと思う女性…母・よし子。
尊敬する女性…高木千春。私の妹。三児の母で長男重度障害。
だけど、いつも私を支えてくれる。笑わせてくれる。
詳しくはブログ「ちはるのお笑い日記」でどうぞ。
笑えまっせー。

人生、まず自分

新しいワインをテーマにした本ができた日のこと。手にずっしり重みのある一冊。やっとできたな、うれしいな。そう思いながら、同じく本を手にしているだろう両親に電話をしてみました。母・よし子の反応。

「あらあ、り香ちゃん、本がやっとできたわね」

「ママ、読んでくれた？」

「あらー、だってあたし、字を読んだら眠たくなっちゃうのよ。それにワイン飲めないから、きっと読んでもわからないわ」

「あのさあ、ワインがわからない人も楽しめるように書いたから、読んでみてよ」

「そうね。じゃあ、がんばってみるわ」

実にあっさりした、親とは思えない発言です。この類のビックリ発言、もれなく孫も対象に含まれます。

Let me just have a
glass of cocktail,
then I will return to you.

九州に遊びに行ったときのことです。廊下で「だっこー！」と両手を上げてせがんでいる長女かりんに向かって、よし子はてのひらでストップサインをしながら話しかけています。

「あのね、おばあちゃんね、さっきマッサージに行ってきたの。やーっと腰が痛いの、治ったばっかりだから、今日はだっこできないの。わかる？　でーきーなーい。ばーば、だっこ、でーきーなーい」

当時一歳半のかりんちゃん。理解したのか、サルのようにうなだれています。

こういう親に恵まれたら、子どもは気が楽です。子どもにエネルギーをすべて注いでいるような気配は全く感じられないため（とはいえ、情があついので、本当に必要としているときは自分の能力の限界を超えてもやってくれます）、子どもは適度に自立が促され、「人生、人のことより、まず自分」という根本に気づかされます。

「だって自分がしあわせでないのに、人をしあわせにするなんて、到底、無理でしょ」ごもっともな意見を聞いているうちに、子ども心に「人は人。自分は自分」という発想も育ちます。

人と比較して幸福だ、不幸だというには、大きなエネルギー、および他人と比較するための情報を収集する能力が必要です。自分がしあわせになるには何をしたらいいか？具体的に行動してみて、飽きたり、向いてなかったり、失敗を繰り返し、最終的に妹はエレクトーンとピアノ、私は料理や映画、音楽といった、自分をしあわせ気分にしてくれる何かを見つけられたような気もします。

私が三〇を過ぎても独身でいるのを見て、よし子は「り香ちゃん。結婚だけがしあわせじゃないわよ。自分を変えてまで誰かと一緒になるなんて、もったいないわよ」と、これまた女親とは思えぬ発言を繰り返していました。

そういえば子どもができたと報告したときも「あら、り香ちゃん、子ども産むの？子孫を残さなきゃいけない職業の人の妻でもないし、もう、あなたもご高齢なんだから、体に無理することないのよ」とも言われました。

そうか。いいのか。私はこのままでいいのか。世の中、もっとがんばれ、他人様と同じになれ、孫が欲しい、子孫を残せ、そういう親が多い中「そーんなことする必要ないわよ」こうもはっきりと言われると、子ども（いくつになっても親の前では子は子ども）の心はフワッと軽くなります。

そうよね。無理することは、ない、全くないね、という気分になります。何事もできればいいし、できなくてもいい。心はいつも、カメレオンのように状況に合わせて、色を変化させていける柔軟性を持っていたほうがいい。

母・よし子は「人の心の色を変えるより、自分の色を変えられる力を持つほうが、結果的にはラクなのよ」、ずっとそう言い続けてきたような気がします。

私の両親は私の新しい本を手にして、表紙と写真を見てパラパラめくって「おー、きれいだなあ。へー」「すごいわねー、り香ちゃん」と言って本を棚の上にのせます。熟読しないため、一切批評、批判もなし。

でもそれがゆえ、常にほめてもらえるという点では最高です。やはり家族は自分の応援団員です。走っている最中にパッと視線が合ったときだけでも、ささっと立って、いつも立って応援しているがごとく「フレー、フレー」と旗を振ってくれる。

そして走り去ったら「どっこいしょ」と座って、新聞や雑誌でもパラパラめくりながら、お茶をすすっているくらいが、長く互いの応援を続ける秘訣かもしれません。

映画「サウンド・オブ・ミュージック」の主人公マリア。
私の理想の母親像。どんな時も工夫をして、毎日
楽しく過ごすお手本を見せられたら、すてきだなぁ。

二つめの花

April in Japan
so Beautiful.
that I'll not
forget…
each one of them.

二〇〇五年四月一三日、蒼い空にまだ桜が美しい中、かりんを産んだときと同じ福岡の病院にて次女のさくらが無事誕生いたしました。二人めもなぜか逆子のため、帝王切開（逆子自体珍しいのに二人続けてというのは、かなり珍しいそうです）。小さめのサイズながら元気な様子に、心からほっといたしました。

「お母さん、元気な赤ちゃんですよ」と手術室で先生方が言ってくださったとき、本当に胸がいっぱいになりました。よくがんばってくれたなあ。よく生まれてくれたなあ。ありがとう、ありがとう、さくらちゃん。そして産ませてくれた病院の先生や看護婦さんたち、ありがとう、ありがとう、何度も繰り返し言いたい気分でした。

手術室から出てくると、いつもと違う私の姿を見て長女のかりんがびっくり。涙をいっぱい目に浮かべながら「ママ痛いの？　大丈夫？　大丈夫？」と心配してのぞき込んできます。

「大丈夫よ。ママ痛くないよ」と言うと、今度は何を思ったのか「ママ、お化粧する？」と化粧入れを持ち出し、運んできます。よっぽどお化粧が必要な顔つきだったのでしょう。笑ってしまいます。

もっとおかしかったのは母・よし子。手術室から病室に運ばれた私の顔を見に入ってくるかな、と思っていたら廊下から「はーい。じゃあ、皆さん、ご飯でも食べに行きましょうか」と明るい声。

『え？　人生の大仕事を終えた娘の顔も見ずに、ご飯を食べに行ってしまうの？』急に冷静になった私は、看護婦さんに「すみません、母を呼んでください」とお願いします。でも、入ってきた母に向かって麻酔で意識もうろうとした私が質問したことも「ママたちロイヤルに行くの？　フォルクスに行くの？」といったものだったらしく、家族一同「どうせ食べられないのに、り香はそんな質問をして、どこまで食い意地がはっているのかしら」という話題でもちきりになったそうです。

そうそう。帝王切開の手術中も、意識はあるのですが、頭に浮かんでいたことは「コーラを飲みたい」とか「おいしい赤ワインとナポレオンパイを食べたい」ということでした。一種の恐怖と戦うとき、私の場合、必死で好きなものを思い浮かべるのだと思います。さすがにさくらがおなかから出る瞬間は「さくらちゃん、がんばーれ。さくらちゃん、がんばーれ」とエールを送っていましたが……。

かくして私の人生に、「かりん」と「さくら」、二種類の花を咲かせる木の苗が存在することとなりました。正しい量の水をあげ、養分を与え、日にあて、風にあて、そうして毎年美しい花が咲くような強い木に育てあげていきたいと思います。時々、まちがうことはあるだろうし、ジョウロを放り出したくなることもあるでしょう。木の周りで「こんなんじゃなーい！」と腕を振り上げて叫びたくなることもあるはずです。でも、あきらめずに苗と対話しながら、育てていきたいと思います。二つの苗が、日本というすばらしい大地に根を張り、人を喜ばせることのできる美しい花を咲かせるよう。暑いときには緑の葉で陰を作ってあげることのできるおおらかな木に育つよう、願います。

出産当日、母が運転する車のラジオをつけると、斉藤和義さんの「桜」という曲が流れてきました。私が聴けたのは曲の二番。こんな歌詞です。

桜の木にもたれかかり　長い夢を見てる

少し寒い春の夕暮れ　空に月が昇る
長い夢の中で　誰かを探している
それがあなたならば　夢が続くこと
僕は知ってる
桜の木に花が咲いて　空はとても綺麗
繰り返される　他愛のない夢は続いて行く

（斉藤和義「桜」より／作詞・作曲　斉藤和義）

いつかさくらも、そしてかりんも、こんなふうに想ってくれるすてきな男の人と、恋ができたら最高です。今は「スター・ウォーズ」のヨーダとE.T.を足して二で割った感じですが、きっときっと、夜桜の下を、誰かと手をつないで歩く日も来ることでしょう。

「かりん」は私のドイツ人の親友の名前。
一緒にThe Policeを聴いた、映画に行った、旅行に行った。
「さくら」は私がいちばん好きな花の名前。
どちらも私のかわいい花。愛しい花。

おばあちゃんありがとう

Because of You...
We are all here.
Thank you!

毎年、夏の終りには、ピンクや白の百日紅《さるすべり》の花が咲きます。つるん、と猿もすべるかのようにツルツルの表面の枝の上に、花火が散るように咲くその花は、急に涼しく感じるようになった風に身をまかせ、右に左に揺れています。

百日紅の花とともに、私の母方の九四歳の祖母が永眠しました。おばあちゃんは、一九一三年生まれ。第一次世界大戦、第二次世界大戦と激動の時代を生き抜き、子どもを五人育て、孫一一人、曾孫一〇人に恵まれました。長男であるおじちゃんと、お嫁さんであるおばちゃんと一緒に住み、最後まで大事にされ、眠っている間に亡くなりました。「死に方は選べぬ」とはよく言いますが、おばあちゃんは、初秋の風とともに、どこまでもさわやかに、この世に別れを告げました。

葬儀では、最後までみんな手を合わせて「ありがとう、おばあちゃん」と言っていました。

産んでくれてありがとう。育ててくれてありがとう。優しくしてくれてありがとう。いつも与えてくれてありがとう。かばってくれてありがとう。元気でいてくれてありがとう。あきらめてくれてありがとう。つくろいものしてくれてありがとう。感謝してくれてありがとう。自慢にしてくれてありがとう。昔のこと、たくさん話をしてくれてありがとう。

時々、人の悪口を言ったり、文句をたくさん言って、まわりを困らせて大変だったりしたけど、それもみんなの人生にスパイスを与えてくれていたんだね、ありがとう。

それに、おばあちゃん。おばあちゃんがいなかったら、ここにいるみーんな、いなかったよ。そんなことを思っていました。私の母も、この世に存在しなかったし、私も、娘たちも存在しませんでした。

たった一人のおばあちゃんから、こんなにたくさんの人たちが生まれるなんて、宇宙の誕生に近い不思議を感じます。無であったはずなのに、ビッグバンのように何かが突然生まれ、大きくなり、さらに大きくなり、そして時を経て、再び無に近い存在に戻っていく。

おばあちゃんも、火葬されれば骨になり、それはまた、ふわっと飛び散り、白い粒子になるのです。その姿は無のようであるけど、でも実はそこにはまだ何かが存在する。骨の粒子が舞う姿を見ながら、おばあちゃんは、絵で描かれたような天国に行くのではなく、みんなの心の中に帰っていっているような気がしました。おばあちゃんの粒子は、空気を伝って、みんなの体の中の、心という宇宙に舞い戻っている。曾孫のかりんやさくらの心にも。

最後、お坊さんがお経をあげてくださっているとき、次女のさくらが突然、お経のリズムに合わせて歌いだしました。♪ハッピー・トゥーユー、ハッピー・トゥーユー♪「お誕生日おめでとう」の歌です。なんだかずっと気を張っていた親族たちも、ゆるるん、ゆるるん、緊張の糸が緩みました。長男のおじちゃんも「ある意味、本当にまた、お誕生日おめでとうだね」、そう、言っていました。

おばあちゃんは、私たちと別れるとき、暑いときも、寒いときも、絶対に、私たちが最後まで見えなくなるまで手を振っていました。振り向いても、おばあちゃんはそこに立っていて、道を曲がって見えなくなるまで、手を振り続けていました。

「寒いから入ってよ」そう促しても、決して家に戻ることはありませんでした。それはあたかも、その別れが、今生《こんじょう》の別れであるかのようでした。

だから私も、いつ、誰と別れても、振り返り、振り返り、帰ってしまいます。別れた人が私に手を振っていたら、私も振り返したい、そう思うからです。

いつも毎朝、かりんやさくらとバイバイするときも見えなくなるまで手を振ります。ケンカをしても、その一瞬前まで怒っていても、別れるときは、絶対おばあちゃんみたいに、笑ってバイバイします。別れは大切。別れ方はある意味、共にいる時間よりも大切であることを、おばあちゃんは教えてくれていた気がします。

振り返ったとき、再び目が合って、誰かと手を振る瞬間が好き。同時に、振り向きすぎて、電柱にぶつかりそうになる、母・よし子が心配。

妹のこと

妹の千春と私は一歳半しか違わなくて、ほとんど友達のように育てられました。少ししか違わないのに、「お姉ちゃん」と親が頼るのはよくないという父の考え方と、『若草物語』の四姉妹が互いに名前で呼ぶことに憧れを持っていた母の影響で、妹は私を「りかちゃん」、私は妹を「ちはるちゃん」と呼ぶようになりました。だから「お姉ちゃんだから我慢しなさい」とか「お姉ちゃんだからこうしなさい」と言われたような記憶はあまりなく、互いに平等に手伝いをし、お菓子を分け合い、ケンカをしながらも仲よく大きくなってきたような気がします。

女性が社会に進出し、考え方によっては教育にお金がかかる昨今、子どもは一人でいいという人が多いのも普通かもしれません。でも私の場合、あまりにも妹の存在が大きかったので、できることならかりんちゃんにも仲間になるような兄弟がいたらいいなあ、

と思っていました。生まれてくるまでどんな子かはわからないし、たとえ健康に生まれたとしても育児は大変です。でも、戦時中の食糧のない時代に、五人も六人も産んで育てていたお母さんたちがたくさんいたのですから、どのような状況でもやってできないはずはありません。よし。かりんに兄弟をプレゼントしよう。私だって、妹がいるからできたことがたくさんあったのだから、そう思いました。

幼いころ、悪いことをして母に家を追い出されれば、靴を玄関のポストから投げてくれたので恥ずかしい思いをしないですんだし、母が仕事をしているときのお留守番も寂しいと感じたことはありませんでした。
引越しをして学校で仲間はずれにされたり、いじめられることがあっても「りかちゃん、大丈夫?」と心配をしてくれ、話を聞いてくれて、妹には親にも言えないことを相談できたものです。学校の成績が悪くなろうが、親に怒られて気まずくなろうが、いつも間に入ってくれたのは妹。先に就職して、私がまだ大学に行って貧乏学生をしているとき、腕時計を買ってくれたり、ご飯をごちそうしてくれたのも妹でした。あまり親に遊んでもらったという記憶はなく、父は仕事とゴルフで忙しく、母はエレクトーンで忙しかったので、二人で助け合い、がんばってきたその結果、普通の兄弟より仲よくなれたのかもしれません。親が一生懸命になって子どもを育てるより、子どもは案外、兄弟に育てられることのほうが多いのかもしれません。

いつも「りかちゃん、りかちゃん」と後からくっついてきて、どちらかというと人を頼りに生きてきた妹ですが、二八歳の時に障害を持つ息子を持ってから、明らかに大地に根を広げた大木のような美しい、たくましさを得たように思います。

人にはいろんな潜在能力がありますが、きっと妹の中に眠っていた〝強さ〟という力が急に芽生えたのでしょう。最初はボーッとしていて「千春ちゃんは状況を理解しているのかな?」ということすらわからないような日々でしたが、そのうち「先のことをいろいろ考えても仕方ないよ。千春はできることをやってあげることしかできないし、誰にでも起こりうることだから、一生懸命かわいがってあげるしかないよ」と言うようになりました。

大変な状況であったことは確かですが、思い出すかぎり、息子の蒼ちゃんのことで涙を流すのを見たのは一度きり。食卓で妹のダンナさんヒロハルさんと食事をしていたら、急に泣きながら「ねえ、蒼ちゃんが電車の中で『発車オーラーイ!』って大きな声で叫ぶ大人になったらどうしよう」と言いだしたときです。

するとヒロハルさんは「おれは大きな声で『オーラーイ!』って返事するよ」とご飯

をパクパク食べながら言いました。よく考えてみたら、きっと妹がたくましき大木になれたのは、ヒロハルさんという土がそもそも滋養ある、すばらしき土だったからなのかもしれません。

尊敬し合える兄弟を持てるというのは、この上なくラッキーなことに思えます。友達もすばらしい存在だし、親も大事ですが、損得を超えて助け合う可能性をいちばん秘めているのは兄弟という存在かもしれません。かりんもさくらも、将来はベストフレンズになってくれるかもしれません。

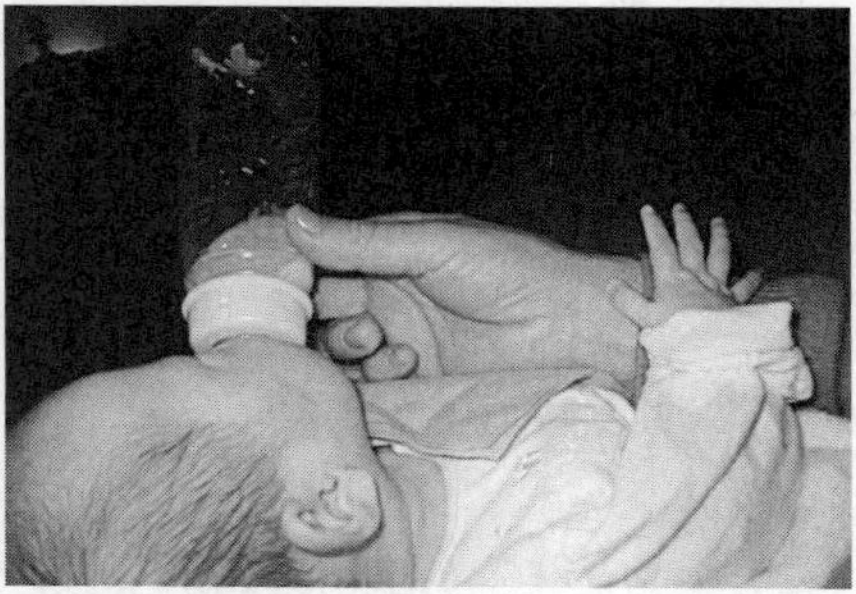

最近、さくらを怒ると、かりんが
「さくらはまだ赤ちゃんだから、ゆるしてあげて」と言う。
かりんを怒ると、さくらが
「かりんちゃん、おこっちゃだめ」と言う。
二人は裏で対母平和交渉条約でも交わしているのか？
参る。

ハグって、すごい！

中国・上海に住む友人が、長女かりんとほぼ同じ年齢の子どもを連れて遊びに来ました。玄関に入ってパンダのおもちゃを見るなり、手にして遊びはじめます。それを見た長女のかりん、ダダダダーと寄っていき、ガサッとパンダを取り上げ、「かりんちゃんのー‼」と怒りはじめます。

「Lucy's!」

「かりんのー！」

引っ張り合い、電池で動くパンダはばらばらに壊れ、操作するリモコンのひももちぎれてしまいました。ギャー！　鼓膜を破るような二人の泣き声。すさまじきディナー会の幕開けでした。

その数か月後、終戦記念日の日、戦争でけがをした子どもの映像を見ていた三歳のかりんが「かわいそーだねー」と言います。

「この間ルーシーちゃんとかりんちゃんがケンカして、おもちゃの取合いをしたら、パンダがけがして動けなくなっちゃったでしょ。それと同じだよ」

そう言うと、「ケンカ、しちゃだめだよねー」しみじみ自分に言い聞かせるように言います。彼女の表情を見ながら、実は子どもはいろんなことをわかっているのだなぁと思います。


翌日、再び上海からルーシーちゃんが遊びに来ました。

「今度は何を取り合うのかな?」眺めていると、二人ともパンダバラバラ事件のことはどこかで覚えていて、小さな思いやりが生まれています。

ルーシーちゃんが一つのおもちゃを持ったら、かりんは別のものを探す。その隙にさくらがいちばんいいものを獲得して素早く脱走。そのまた隙を狙って大人たちは食事。前回に比べるとずいぶん静かなディナー会の終焉です。

ところが玄関でお別れするとき、ルーシーが気に入ったマジレンジャーの紙のお面を、かりんが「だーめー」と取り上げて再びケンカ勃発。にもかかわらずルーシーがお別れのハグをしたとたん、急にかりんの態度が変わりました。「これあげるー」とお面を渡したのです。

ドアが閉まったとき、「かりんちゃん、偉いねえ。自分の大事なものを人にあげることはとってもステキなことだよ」と今度は私がハグしました。

抱き合うってすごい！　ケンカをしている最中でも、人間は胸と胸を合わせたとき、言葉を超えてキュンと通じ合うことがあるのです。お互いにケンカをしているときは頭もハートの筋肉も硬くなっているとき。でも、ギューッと抱きしめられたとたん、頭はポワンとなって、ハートはフワッと緩み、あれ？　何を怒っていたんだっけな？と思えたりするのです。

戦争をしていた大人も、今、している大人も、子どもの時はきっと柔らかい頭とハートを持っていたのだと思います。保育園のクラスのどの子を見ても、優しい心を持っています。小さい子を守ろう、お世話してあげようという気持ちが子どものＤＮＡの中に流れているのです。でも時間とともに、その優しい気持ちを壊していっているのが、私たち大人なのかもしれません。

「ママ、戦争っていたいこと？」

今度はかりんと一緒に一歳のさくらまで、テレビの前でニュースや番組を見てしんみり。わかったような顔をしています。

「そうね、きっとそうね。今度いろんな映画や、まんがを見てみようね」

受けた傷も、そして与えた傷も、その両方を語りつぐことは、まちがいを起こさぬ未来を創る唯一の道のような気がします。

そういえば、旧西ドイツの元大統領・ヴァイツゼッカー氏がこんなスピーチをしたことを覚えています。

「過去に目を閉ざす者は、結局のところ現在にも盲目となります。非人間的な行為を心に刻もうとしない者は、またそうした危険に陥りやすいのです」

歴史を、現代を生き抜くための一つのツールとして受け止めた、一人のすばらしき政治家の心に残る言葉でした。

ルーシーちゃんとかりんちゃんはケンカのおかげで、少し明るい未来が切り開けてきたようです。今は言葉が通じないけど、通じるようになったら、また別の類のケンカが始まるのかな?

中国に行かれたら、ぜひお茶を。ウーロン茶、ジャスミン茶、
花茶などと一緒に、甘い梅干しやピーナッツをいただく。
心に流れる、やわらかい時間。体が、潤う。

月島じーじ

二〇〇九年の一月二五日、月島のじーじが亡くなりました。本物のじーじではなく、かりんとさくらがお世話になっているファミリーのじーじです。あまりにも身近で、あまりにもやさしい存在でした。さくらはそのとき、三歳でした。かりんももちろん溺愛されましたが、さくらにとって、じーじは特別の存在でした。一年たった今も朝、「じーじ、じーじ」と泣いて起きるときがあります。

いつも膝の上に座らせてもらって、おいしいまぐろの刺身を分けてもらって、ヨーグルトの二つ目も、じーじだけは食べさせてくれて家の中の手作りのブランコに乗せてくれて家の中の手作りのハンモックを揺らしてくれて、多分、誰よりも、一番かわいがってくれた人でした。それはもう、互いに恋人のようで、ハイジがアルムおんじに抱きつくように「じーじ」と、かわいい声で抱きついていきました。

お葬式の前日、初めて高熱が出ました。あんなに食いしん坊のさくらが、ごはんを食

Tsukishima jiji
Always together with
Karin & Sakura.

べなかったのは生まれて初めてでした。火葬場でじーじが骨になって、小さな小さな粒子になってパーッと上に舞ったとき、「じーじはいなくなるの？」と聞かれました。「じーじは小さく、小さく、見えないほど小さくなってさくらちゃんやかりんちゃん、みんなの中に入ってくれているんだよ」というと、息をすって、小さな粒子を、体に入れているようでした。火葬場から戻って、それからバクバクごはんを食べだした瞬間、私たちはみんな、笑い泣きしました。さくらにとって、やはり理想のおじいさん、それはきっと「ちびまる子ちゃん」にとっての友蔵《ともぞう》のような存在だったのだと思います。仕事帰り、迎えに行って抱くとき、さくらの髪から、お線香のにおいがします。いつもお線香をあげる係をしているのでその香りが髪にしみついている。ほっとする、とてもいい香りです。もう一年たったのに、夕暮れ、さくらちゃんは星を見るたびに「ねがいごとがかなうんでしょ？　さくらはじーじに会いたい」と言います。さくらちゃんの心のなかに、じーじはずっといて、さくらちゃんの言葉を聞いてうれし涙を流しているよ。じーじが入院先で最後に言っていたのは「冷凍していたラム、あれ、退院したらかりんとさくらといっしょに食いたいね。かりんとさくらはラムが好きだから」ということだったそうです。だからさくらは、ラム肉が好きです。じーじの思い出なんです。人間、血のつながりだけではない。愛情というのは、かけた人に戻っていく。そんなことを、教えてくれる、二人の関係でした。

そうそう、思い出した。ちびまる子ちゃん、小学校の夏休みの宿題を友蔵じいさんにさせていたストーリーは面白かったな。先生が学校で読み上げた文章、笑えました。「八月一五日、けふは終戦記念日であつた」という文でした。さくらも、じーじが生きていたら絶対宿題を、じーじにさせていたろうな（笑）。じーじ、さくらに言われたことは何でもやっちゃう人だったから。さくらはこれからも、じーじのお線香係です。

ラムの魚焼き器焼き

recipe

じーじは消えてしまって、冷凍庫に残されたラム。
どうしようかと、みんなで話をしたけれど、ある日、
やっぱり食べようと、お母さんが焼いてくれました。
なんだか食べてしまうと、思い出が消えてしまうようで、
たった一本ずつのラムチョップを、大切に、ゆっくり食べた。
じーじは今も、みんなの心に生きている。

材料
ラムチョップ…１人１〜２本ずつ
塩…適宜（焼く直前に１本に対して小さじ1/3ほどを両面にパラパラかけておく）
こしょう…適宜
あればローズマリー（風味づけに）…少々

つくり方
1. 魚焼き器は熱々に熱しておく。受け皿にはホイルを敷いておくと後始末が簡単。
2. ラムチョップは塩、こしょうをして、トングを使って魚焼き器に並べる。６本くらいはいっぺんに焼ける。
3. 厚さによって違うが、基準として強火で表３分半〜４分、裏１分〜１分半で焼く。両面を平均的に焼くより、表で焼き上げ、裏は軽くあぶる程度がおいしい。あればローズマリーをラムの裏を焼く時にのせると風味がよい。

（ワインパーティーをしよう。）

ピーちゃん、さよなら。

旅をしている時、友人に預けていた二十一歳・手のりインコのピーちゃんが、息を引き取ったとメールがありました。

ヨーロッパに向かうまえ、いつものように手のなかにいれていたら、私の手から離れようとしません。そのとき、「あ、ピーちゃんは、私にさようなら、と言っているな」と感じました。それほど、ピーちゃんの「ありがとねー、もう会えないよ」、と頭を指先にこすりつける力は強く、気が強い性格だから最期を私には見せたくないんだな、と感じていたのでした。

ヨーロッパの空を仰ぎながら、私と半生を共にしたピーちゃんのことを考えていました。私がピーちゃんの面倒をみたように、ピーちゃんも、私の面倒をみてくれました。つらいとき、さみしいとき、手のなかでぬくもりを感じたり、おふとんに潜り込んできて、私の胸の上で寝てくれたり、パソコンに向かう私の肩にのって居眠りをしてくれま

した。ピーちゃんは孤独から救ってくれた友達です。でも、他の人にはなつかず嫌われ者でした。あだなはいじわるピーちゃんです。最後には、かりんとさくらには気を許しましたが、彼女を触ることができたのは、結局三人だけでした。共に旅をしていたかりんたちに伝えると、わーわー泣き出し、日本にすぐ戻る、といいます。でも、もうおばあちゃんなんだから、逝かせてあげようと、話をしました。母・よし子に電話したら、「り香ちゃん、よくがんばった。本当によくお世話してあげてたわよ」と言われ、そうだな、十分につくしてあげた、そう思いました。

どんな離別も悲しいけれどそこに爽やかな風が吹くような別れは、互いに思いやり、つくしぬいたときに存在するのかな、と思いました。ピーちゃんは、塵となってどこかを浮遊し、再び無の存在になっていくのかもしれません。互いにケアしあい、事故あり、ケガあり、最後は目も見えなくなり、そして飛べなくなったピーちゃんの死は悲しみを超えた、すがすがしい気持ちをもたらしてくれました。ピーちゃん、尊敬です。わたしもいつか、清々しい風とともに現実世界から、すーっと静かに離れられるよう、好きな人たちにつくして、愛情を表現して、ピーちゃんのように一生懸命生きたいな。ピーちゃん、ありがとう。

ひよこ豆のサラダ

recipe

ピーちゃんの一番の好物は白米だったけど、二番は豆。
ひよこ豆にあずき豆。
クレクレ、ヒーヒーと声をだしていたな。
ひよこ豆のサラダを作るたびに、ピーちゃんを思ってしまう。

材料（2人分）
ひよこ豆…1/3カップ
サニーレタス（またはルッコラなど西洋野菜）…2枚（洗って水気を取る）
黄パプリカ…1/4個（細切り）
きゅうり…1/4本（斜めに薄切り）
プチトマトまたはフルーツトマト…3個（半分に切る）
ツナフレーク…小さい缶（80g入り）を1/3缶分
レモン汁…少々
豆板醤…小さじ1/4
エキストラバージンオリーブオイル…大さじ1
白ワインビネガー…大さじ1
塩…小さじ1/2
こしょう…少々
パルメザンチーズ…少々

つくり方
1. ボウルに黄パプリカ、きゅうり、トマトを入れ、ツナ、レモン汁、豆板醤といっしょに混ぜる。
2. 1のボウルにひよこ豆、オリーブオイル、白ワインビネガー、塩を入れ、さっとかき混ぜたら食べやすい大きさに切ったサニーレタスを入れる。
3. 食べる直前に手で混ぜる。上からこしょうとチーズ、お好みでオリーブオイルを香りづけにかけてできあがり。

（ものがたりのある一皿）

Tribute to Kazuo Noguchi

Let's see if we can
reach for the moon...

昨日は満月でした。東の空から、輝く銅板のような美しい月が出てきたとき、長女かりんは「あのお月さま、食べたーい」と言っていました。手を伸ばせば届きそうな月。Try to reach for the moon.

思わず娘たちをだっこして、月に触らせてあげたい気分になりました。

建設中のビルの窓に反射して、さらに大きく見える不思議な月を見ていたら、頭の中で、グレン・ミラーの「ムーンライト・セレナーデ」が流れだしました。ゆったり流れる美しいメロディにのせて、車の音をかき消すかのように響き渡るスイングジャズ。そんなジャズが大好きで、そしてすばらしさを私に伝えてくれたのは、私の伯父でした。

私にとって、大切な存在であったおじちゃん（母・よし子のお兄さん）は、二か月前に亡くなったおばあちゃん（伯父にとっては母）の後を追うかのように、他界したのでした。

おじちゃんは、私が小さいときは親のように、そして私が大人になってからは友達のように接してくれました。お酒を飲みながら、おばちゃんの作ってくれたおいしい煮物や天ぷらを食べ、いろんな話をしました。

若いころは、スキーやコンサートによく行ったこと。大家族は大変だけど、でもやっぱりいいもんだね、ということ。仕事から引退して、ヨーロッパに旅行したときのこと。よし子が九州に嫁に行くことになったとき、最初は反対したけど、今は本当によかったと思っていること。「だから、り香や千春が生まれたんだよね」と言ってくれたこと。

たくさんのことを、おじちゃんの声があるときにおしゃべりしたけど、咽頭ガンになり、声を失ってからは、機械をのどにあてながら、電気音の声と、再びおしゃべりをしました。

ガンになってからよく話をしたのは、おじちゃんが好きな絵とジャズのことでした。「り香は、よくおじちゃんが言いたいことをわかってくれるよ」

ほめられたときはとてもうれしかったけど、本当はわからなくても、わかったふりして聞いていたことも、たくさんあったのでした。何度も「何？」ときいたら、悲しくなっちゃうだろうなと思って、きっとこんなことを言っているのではないかと想像で話をしていたのだけど、わからないなりに、会話がどんどん進んでいき、そして互いが好きな曲を選び、流す時間。そこに言葉はなかったけど、すてきな時間だったよね、おじちゃん。本当に止まっていてほしい時間でした。

おじちゃんは最期に、「死に方が生き方である」ということを教えてくれました。いつかは必ず、誰にでも訪れる「死」と向き合ったとき、恐怖のあまり、自分に残された美しい時間を見失ってしまう人のほうがほとんどだと思うけれど、おじちゃんは違いました。

好きだった絵をもっと描き、好きだった音楽を、もっと立派なすばらしいオーディオセットで聴き、いつも笑っていました。そして最後まで、家族を大切にしていました。どんなにきつくても、笑顔で私たちを迎えてくれて、そして病室のベッドからバイバイと手を振るときも、必ずやっぱり笑顔で、ちょっと会釈して、そして手を振ってくれました。

病室で私の新しいiPodを見せたとき、

「サッチモの〝What a wonderful world〟入ってる?」とおじちゃんはききました。

「入ってるよ」

「おじちゃん、この曲が大好きなんだよ」

その日はちょうど、絵に描いたような秋晴れの日でした。病室の窓から青い空が見えます。美しい東京の町が見えます。ベッドの傍におばちゃんがいて、きれいな、深い、優しい声で娘と一緒に笑っています。ある日の何でもない風景を、目に見えない額に切り取って収めてみると、その風景はどこまでも美しい。

〝What a wonderful world〟

おじちゃんの傍に、What a wonderful worldがありました。

iPodから流れてくる音楽を聴く、やせ細ったおじちゃんを見ながら思いました。そう。これはおじちゃんの気持ちだね。いつか、おじちゃんが旅立つとき、きっとこの音楽をかけるからね。

おばちゃんやいとこと話をして、お寺で最後のお別れのとき、この曲を流すことにしました。でもお経が進むうちに「やっぱり場違いかな、やめようかな」と迷います。すると、母がトコトコ歩いてきて言いました。

「お兄ちゃんにあの曲、かけてあげてね。お兄ちゃん、絶対喜ぶから」

遺影の中のおじちゃんはこの曲を聴きながら笑っていました。それはすべてのことを受け入れて、すがすがしく旅立つ人の輝く笑顔でした。繰り返し流れる曲を聴きながら、私はおじちゃんに語りかけました。

「本当ね。おじちゃん。この世界はすばらしい。そんなすてきなことを、教えてくれてありがとう」

「歌詞がわからないわ」と言っていたおばちゃんと、そして母に、この詞を訳して贈ります。これはきっと、おじちゃんの言葉そのものなのだと思います。

WHAT A WONDERFUL WORLD　ルイ・アームストロング

作詞　Robert Thiele　作曲　George David Weiss

I see trees of green, red roses too
I see them bloom for me and you
And I think to myself, what a wonderful world

緑の木々が生い茂って、赤い薔薇が咲いている。
それが僕や君たちのために咲いているんだなって思うと
本当に思う。世界はなんて、すばらしいんだろう。

I see skies of blue and clouds of white
The bright blessed days, the dark sacred nights
And I think to myself, what a wonderful world

空は青く、白い雲が浮かんでいる。
明るく輝く昼もあれば、暗闇に包まれた神聖な夜もある。
そして僕は思う。なんてすてきな世界だろうと。

The colors of the rainbow, so pretty in the sky
Are also on the faces of the people going by
I see friends shaking hands, saying, "How do you do?"
They're really saying, "I love you."

空にかかる虹の色は、とてもきれいで
道行く人々の中に友の顔を見つける。
彼らは握手をしながら「調子はどうだい?」と言ってくれる。
でも彼らが本当に言ってくれていることは

「君のこと、愛してるよ」ってことなんだ。

I hear babies cry, I watch them grow
They'll learn much more than I'll ever know
And I think to myself, what a wonderful world
Yes, I think to myself, what a wonderful world

赤ちゃんの泣き声が聞こえる。
その子の成長を見守っていけば
きっと子どもたちは
僕が知り得ない、たくさんのことを学んでいくのだろう。
そんなことを想像すると
やっぱり僕は思う。
世界はなんて、すばらしいんだろうって。
あぁ、僕は思う。
世界はなんて、すばらしいんだろう。

どんな人も、どんなモノも、
いつかは粒子となって、
目には見えない存在になる。

そこに理由など、ないのだと思う。

いつかは消滅するからこそ、
さわやかな風のように、
あたたかい光のように、
この瞬間を、
生き抜けたらいいな。

There are still beautiful things in this world.
We just have to open our eyes.

レシピ索引

※各レシピ末尾に出典本のタイトルを明記しています

本書は、二〇〇八年六月文化出版局刊『やさしさグルグル』に新たな章とレシピを加え再構成したものです

文春文庫

やさしさグルグル

定価はカバーに
表示してあります

2012年6月10日　第1刷

著　者　行《ゆき》正《まさ》り香《か》
発行者　羽鳥好之
発行所　株式会社　文藝春秋

東京都千代田区紀尾井町 3-23　〒102-8008
TEL　03・3265・1211
文藝春秋ホームページ　http://www.bunshun.co.jp
落丁、乱丁本は、お手数ですが小社製作部宛お送り下さい。送料小社負担でお取替致します。

印刷・大日本印刷　製本・加藤製本
Printed in Japan
ISBN978-4-16-780197-7